हिन्द पॉकेट बुक्स

पंडित जी

शरत्चन्द्र चट्टोपाध्याय बांग्ला के सुप्रसिद्ध उपन्यासकार एवं लघु कथाकार थे। उनकी अधिकांश कृतियों में गाँव के लोगों की जीवनशैली, उनके संघर्ष एवं उनके द्वारा झेले गए संकटों का वर्णन है। इसके अलावा उनकी रचनाओं में तत्कालीन बंगाल के सामाजिक जीवन की झलक मिलती है। शरत्चन्द्र भारत के सार्वकालिक सर्वाधिक लोकप्रिय तथा सर्वाधिक अनूदित लेखक हैं। 16 जनवरी 1938 ई. को कलकत्ता में 62 वर्ष की उम्र में उनका निधन हुआ।

पंडित जी

शरत्चन्द्र

हिन्द पॉकेट बुक्स
पेंगुइन रैंडम हाउस इम्प्रिंट

हिन्द पॉकेट बुक्स

यूएसए। कनाडा। यूके। आयरलैंड। ऑस्ट्रेलिया। सिंगापुर
न्यू ज़ीलैंड। भारत। दक्षिण अफ्रीका। चीन

हिन्द पॉकेट बुक्स, पेंगुइन रैंडम हाउस ग्रुप ऑफ़ कम्पनीज़ का हिस्सा है,
जिसका पता global.penguinrandomhouse.com पर मिलेगा

पेंगुइन रैंडम हाउस इंडिया प्रा. लि.,
चौथी मंजिल, कैपिटल टावर -1, एम जी रोड,
गुड़गांव 122 002, हरियाणा, भारत

पेंगुइन
रैंडम हाउस
इंडिया

प्रथम संस्करण हिन्द पॉकेट बुक्स द्वारा 1991 में प्रकाशित
यह संस्करण हिन्द पॉकेट बुक्स में पेंगुइन रैंडम हाउस द्वारा 2022 में प्रकाशित

10 9 8 7 6 5 4 3 2

इस पुस्तक में व्यक्त विचार लेखक के अपने हैं, जिनका यथासंभव तथ्यात्मक
सत्यापन किया गया है, और इस संबंध में प्रकाशक एवं सहयोगी
प्रकाशक किसी भी रूप में उत्तरदायी नहीं हैं।

ISBN 9789353496463

मुद्रकः रेप्रो इंडिया लिमिटेड

www.penguin.co.in

MIX
Paper from
responsible sources
FSC® C047271

FSC
www.fsc.org

This is a legitimate digitally printed version of the book and therefore might not
have certain extra finishing on the cover.

पंडित जी

कुञ्ज वैष्णव की छोटी बहिन कुसुम का बाल्य इतिहास इतना असुन्दर है कि इस समय भी उसे याद करके वह लज्जा और दुःख के मारे जमीन में गढ़ जाती है। जब वह दो वर्ष की थी, बाप मर गया, मां ने भीख मांगकर लड़के और लड़की का पालन-पोषण किया। जब पांच बरस की हुई, तो उसकी सुन्दरता को देख बाड़ल ग्राम के सम्पन्न गृहस्थ गौरदास अधिकारी ने अपने पुत्र वृन्दावन के साथ उसका विवाह कर दिया, किन्तु विवाह को थोड़े ही दिन हुए थे कि कुसुम की विधवा मां के बारे में तरह-तरह की अफवाहें उड़ने लगीं और उसकी ऐसी बदनामी हुई कि गौरदास ने कुसुम का परित्याग कर अपने लड़के का पुनर्विवाह कर दिया।

कुसुम की मां गरीब और दुःखी होने पर भी बड़ी स्वाभिमानिनी थी। वह भी गुस्से में आकर बेटी को दूसरी जगह ले गई और उसी महीने एक दूसरे असल वैरागी के साथ उसकी कण्ठी-बदल-किया सम्पन्न कर दी, लेकिन छः महीने के अन्दर ही वे असल वैरागीजी परम् धाम सिधार गए।

वे वैरागीजी कौन थे, किस गांव के रहने वाले थे, यह बात कुसुम की मां को छोड़ और कोई नहीं जानता था, क्योंकि उसकी मां किसी को भी अपने साथ ले नहीं गई थी। कण्ठीबदलौवल हुआ भी था या यह बात निरी गप्प थी, सो भी निश्चयपूर्वक नहीं कहा जा सकता। इतनी सब बातें कुसुम की सात वर्ष की उम्र में ही हो गईं। तब से वह विधवा है। संक्षेप में यही उसके बचपन का इतिहास है।

अब वह सोलह वर्ष की युवती है। रूप उसकी देह में समाता नहीं। अंग-अंग से फूटा पड़ता है। जितना रूप है, उतना ही गुण भी उसमें है। काम-काज में तो बड़ी ही चतुर है और फिर लिखना-पढ़ना भी जानती है। अपने रूप-गुण के कारण किसी बहुत बड़े आदमी के घर में भी वह गृहिणी के रूप में सम्भवतः अनुपयुक्त न होती।

इधर वृन्दावन का बाप मर गया। जिस दूसरी स्त्री से उसका विवाह हुआ, वह भी मर गई। उसकी उम्र भी कोई अधिक नहीं, यही पच्चीस - छब्बीस वर्ष के लगभग थी। अब वह कुसुम को फिर से ग्रहण करना चाहता था। इसके लिए वह कुंज को पचास रुपये नकद, पांच जोड़ा धोती-दुपट्टा और कुसुम को पांच तोला सोना एवं सौ तोला चांदी के आभूषण देने को तैयार था। गरीब कुंजनाथ चाहता कि कुसुम किसी तरह राजी हो जाए, लेकिन कुसुम अब कान ही नहीं धरती। कौन उसे समझाए! दोनों के मां-बाप नहीं। दोनों भाई-बहिन जिस छोटी-सी झोपड़ी में रहते, बह ब्राह्मणों के मुहल्ले के अन्दर ही थी।

छुटपन से ही कुसुम मुहल्ले की ब्राह्मण कन्याओं के साथ रही, खेली-कूदी और सयानी हुई है, उन्हीं के साथ वह हर पण्डित की पाठशाला में पढ़ी है। आज भी वे ही ब्राह्मण कन्याएं उसकी सखी-सहेलियां हैं। इस-लिए वृन्दावन के प्रस्ताव की बात सोचकर उसका सारा शरीर घृणा और लज्जा से सिहर उठता है। मलेरिया और हैजा से पीड़ित बंगाल की नारियों को विधवा होते देर नहीं लगती। उसकी बाल-सखियों में से अनेक में से अनेक उसी की भांति हाथों की चूड़ियां तोड़कर और मांग का सिन्दूर पोंछकर अपने जन्म स्थान में लौट आईं। कई तो उसकी बड़ी ही घनिष्ठ थीं। किसी को वह प्रगाढ़ मैत्री के कारण 'मकर-गंगाजल' कहती और कोई उसे 'महाप्रसाद' कहकर पुकारती है।

छिः-छिः, यदि अपने भाई की बात मान ले, तो क्या वह इस गांव में अपना काला मुंह दिखा सकेगी! अपनी सहेलियों के साथ हिल-मिल सकेगी!

कुंज समझाते हुए कहता है, "बहिन, इस बात को मान लो। सच में देख जाए तो वृन्दावन ही तुम्हारा असली पति है।"

कुसुम एकदम बिगड़ उठती है और नाराज होकर उत्तर देती है, "असल-नकल तो मैं कुछ जानती नहीं भैया, जानती केवल इतना हूं कि मैं विधवा हूं और क्या तुमने मुझे कुत्ता-बिल्ली समझ रखा है कि जो मन में आएगा कर गुजरूगी? पहले विवाह हुआ और फिर कण्ठी-बदलौवल। अब फिर विवाह करूं और फिर कण्ठी-बदलौवल। नहीं, मैं ऐसा कुछ नहीं करूंगी। बाड़लवाले मेरे कोई नहीं होते। मेरे स्वामी मर चुके हैं और मैं विधवा हूं।"

निरीस कुंज की इसके बाद और कुछ कहने की हिम्मत न हुई। अपनी इस शिक्षिता और तेजस्विनी बहिन के आगे वह न जाने क्यों सिटपिटा जाता है। वह कुछ और भी सोचता है। वह बड़ा गरीब है। इस छोटी-सी झोंपड़ी और इससे लगी हुई थोड़ी-सी जमीन और उसपर आम तथा कटहल के एक-एक पेड़ को छोड़ उसके पास दूसरी कोई सम्पत्ति नहीं है। इसलिए इतने नकद रुपये और धोती-दुपट्टे के इतने जोड़े उसके निकट कोई साधारण बात नहीं हैं और केवल इस प्रलोभन की ही बात नहीं है, अपने एकमात्र प्रियजन को इतनी अच्छी जगह बैठाकर और वहां उसे सुखी देख कर वह स्वयं भी सुखी होना चाहता है।

कण्ठी-बदलौवल की प्रथा इनकी बिरादरी में प्रचलित है, इसीलिए मां वैसा कर गई थी, लेकिन अब मां तो रही नहीं और इधर कुसुम का स्वामी वृन्दावन जब उसे अपने यहां रखने के लिए इतना मना रहा है, तब कुसुम को टालमटोल और उपेक्षा की बात किसी भी तरह कुंज की समझ में नहीं आ पाती। समाज के सूत्रधारों और ठेकेदारों की अनुमति लेकर थोड़ा-सा मालसा-भोग ही तो देना होगा, सो कुछ मुश्किल नहीं। मिट्टी के कुण्डे में दही-चिउड़ा भरकर पहले मालसा-भोग भगवान को समर्पित कर दिया जाएगा और तब उसे सबको बांट दिया जाएगा। बाकी विवाह का सारा खर्च तो वृन्दावन वहन कर ही रहा है और उसके बाद सब दुःख-कष्टों से छुटकारा पाकर मजे से रानी बनकर रहेगी, लेकिन कैसी मूर्ख है यह कुसुम भी!

कुंज फेरी लगाने का काम करता है। एक बड़ी-सी टोकरी में माला, कंघी, सिन्दूर, सूत के डोरे, सुई,धागा, तेल का मसाला, बच्चों के लिए

छोटी-बड़ी गुड़ियां और खिलौने और कुसुम के हाथ की बनी सुई-डोरे और कशीदे की अनेक प्रकार की वस्तुएं सिर पर रखकर वह रोज पांच-सात गांवों की फेरी लगाता है। दिन-भर माल बेचकर जो पैसा पाता है, सन्ध्या को वह सब लाकर अपनी बहिन के हाथ पर रख देता है। इस रकम में से मूलधन को बचाए रख, कुसुम किस प्रकार गृहस्थी के काम को सुचारु रूप से चला लेती है, यह बात तो उसकी न समझ में आती है और न वह समझने की चेष्टा ही करता है।

आज सवेरे-सवेरे ही वह फेरी लगाता हुआ बाड़ल गांव जा पहुंचा। मार्ग में ही वृन्दावन से भेंट हो गई। वह काम से कहीं बाहर जा रहा था, परन्तु कुंज को देखकर लौट पड़ा। वृन्दावन अपने स्वजातीय और स्वजन को बड़े आग्रह और आदर-मान के साथ घर ले आया। हाथ-पांव धोने के लिए जल दिया और हुक्का तैयार करके उसकी खातिर-खिदमत की। दोपहर में वृन्दावन की मां ने तरह-तरह के व्यंजन बनाकर कुज को भरपेट खिलाया और कड़ी धूप में उसे वहां से किसी भी प्रकार जाने नहीं दिया।

शाम को कुंज घर लौट आया। उसने हाथ-पांव धोए और चना-चबैना खाते हुए बहिन को सारी बात बता दी। अन्त में उसने कहा, "बहुत बड़े लोग हैं वे तो। बाग-बगीचे, ताल-पोखर, खेती-बाड़ी किसी भी चीज की कमी नहीं। लक्ष्मी तो उनके यहां जैसे बरसती रहती है।" कुसुम कुछ बोलीं नहीं, चुपचाप सुनती रही।

कुंज ने इसे बहुत अच्छा लक्षण समझा। वह अत्यन्त उत्साहित हो उठा और अब विस्तारपूर्वक बतलाने लगा कि वृन्दावन की मां ने क्या पकाया था और किस प्रकार आग्रह करके खिलाया-पिलाया और कितना तो जतन और आदर-अभ्यर्थना की। उसने कहा, "और खिलाने-पिलाने के बाद भी क्या उन्होंने मुझे चला आने दिया? नहीं, बोलीं, 'इतनी धूप और गरमी में जाओगे तो सिर में दर्द होने लगेगा और बीमार पड़ जाओगे।' ओह, कितने भले लोग हैं वे!"

कुसुम ने अपने भाई के मुंह की ओर देख जरा देर मुस्कराते रहने के बाद कहा, "तो आज तुम दिन-भर इन्हीं कामों में लगे रहे, क्यों? खूब पेट-भर खाया और जी-भर सोए!

कुंज ने भी हंसते हुए ही जवाब दिया, "तो फिर तुम्हीं बताओ बहिन, में और क्या करता? जब वे किसी तरह छोड़ने को तैयार ही नहीं हुई, तो क्या जबर्दस्ती चला आता? और क्या ऐसा करना मुझे शोभा देता?"

कुसुम ने कुछ गम्भीर होकर कहा, "खैर, जो हुआ सो हुआ, पर आगे से तुम उस गांव में कभी मत जाना!"

बात कुंज की समझ में आई नहीं। उसने पूछा, "उस गांव में न जाया करूं, वह क्यों?"

कुसुम ने समझाया, "वे जब रास्ते में मिलेंगे, तभी तुम्हें पकड़ कर ले जाया करेंगे। वे ठहरे बड़े लोग। उनका तो कोई हरज नहीं होगा, परन्तु इस तरह करने से हम लोगों का काम कैसे चलेगा!" बहिन की यह बात सुनकर कुंज को बड़ा दुःख हुआ।

भाई का यह दुःख कुसुम से छिपा न रह सका। हंसते हुए उसने कहा, "मैं यह नहीं कहती कि तुम जाओ ही मत। दो-एक दिन जाने में ऐसा कौन-सा बड़ा नुकसान हुआ जाता है! पर भैया, वे ठहरे बड़े आदमो और हम हैं गरीब। उनसे ज्यादा मेल-जोल बढ़ाने की हमें जरूरत ही क्या है?"

कुंज ने उत्तर दिया, "मैं उनके घर अपने से तो जाता नहीं, कुसुम।"

"यह तो ठीक है कि तुम स्वयं नहीं जाते, लेकिन वे बुलाकर ले जाना चाहें तो भी हमें क्यों जाना चाहिए? जरूरत ही क्या है?"

कुंज ने कुछ सोचकर कहा, "यदि यही बात है, तो तुम इन ब्राह्मण लड़कियों के साथ इतना मेल-जोल क्यों रखती हो? ये सब भी तो बड़े लोग ही हैं, फिर तुम क्यों उनके यहां जाती हो?"

कुसुम अपने भैया के मन की बात समझ गई और हंसने लगी, फिर उसने कहा, "उनके साथ तो मैं बचपन से ही खेलती आ रही हूं और फिर वे न हमारी जाति की हैं और न हमारी बिरादरी की। इनके यहां जाना और इनसे मिलना-जुलना हमारे लिए किसी भी तरह लज्जा की बात नहीं, परन्तु उनकी बात दूसरी है।"

कुंज कुछ क्षण चुप रहा, फिर बोला, "नहीं, उनके यहां जाने में भी लज्जा की कोई बात नहीं है। मां लक्ष्मी की उनपर कृपा जरूर है, पास में दो पैसे भी हैं, लेकिन घमण्ड तो जैसे उन्हें छू भी नहीं गया। विनम्र तो

इसने हैं कि मानो मिट्टी के पुतले ही हों। वृन्दावन की मां ने मेरे दोनों हाथ पकड़कर जिस तरह···।"

उसकी बात अभी समाप्त भी न हो पाई थी कि कुसुम बीच में ही विरक्त हो उठी और झुंझलाकर बोली, "तुम तो भैया, फिर वही पुराण गाने लगे। क्या भूल गए कि हमारी मां पर कलंक लगाकर उन्हें लांछित और अपमानित करने वाले यही लोग थे?"

कुंज ने प्रतिवाद किया, "नहीं, उन्होंने तो किसी से कुछ भी नहीं कहा। कुछ बुरे लोगों ने ही ईर्ष्यावश मां को बदनाम किया था।"

कुसुम ने कहा, "हुं! तभी न उन लोगों ने मुझे घर से निकालकर दूसरा ब्याह कर लिया था?"

कुंज ने कहा, "बात तो तुम्हारी सच है परन्तु उसमें इस बेचारे वृन्दावन का क्या दोष? सारा अपराध उसके बाप का था।"

कुसुम कुछ देर चुप रही, फिर शान्त भाव से बोली, "अच्छा भैया; दोष किसीका भी हो, लेकिन जो होगा नहीं, होने का नहीं, उसीको सौ बार दुहराने की जरूरत क्या है? मैं तुमसे बहस तो कर नहीं सकती, इसलिए जाने दो इस बात को।"

कुंज को बहिन की इस बात का सहसा कोई जवाब नहीं सूझ पड़ा, इसलिए वह थोड़ी देर चुप रहा, फिर कुष्ठ रुष्ट हो होकर बोला, "तुम तो बहस नहीं कर सकतीं, किन्तु मुझे तो आगे-पीछे सब देख-भालकर ही चलना होगा न। कभी यह भी सोचा है कि आज मैं मर ही जाऊं, तो कल को तुम्हारी क्या दशा होगी?"

कुसुम विरक्त हो उठी। उसने भाई की इस बात का कोई जवाब नहीं दिया। कुंज फिर गम्भीर भाव से कहने लगा, "हमारे जितने भी परिचित और बड़े-बूढ़े हैं, मैं उन सबसे पूछ चुका हूं और तुम्हारी सास तो नलडांगावाले बूढ़े बाबाजी तक से सलाह कर आई हैं। जानती हो, सभी ने बहुत प्रसन्न होकर अनुमति दी है।"

कुसुम के मुख का भाव सहसा कठोर हो गया, परन्तु वह बहुत संक्षेप में केवल इतना ही कहकर चुप हो गई, "हां, जानती क्यों नहीं हूं!"

उसकी बाप को लेकर, उसकी मां को लेकर, उसके कंठी-बदलौवल के किस्से को लेकर, उनके समाज में आलोचना हो रही है और गणमान्य लोगों से सलाह-मशविरा किया जा रहा है, इस संवाद ने कुसुम को अत्यधिक कुपित कर दिया, लेकिन उमड़ते हुए क्रोध को मन दबाकर सहज भाव से पूछा, "बताओ भैया, तुम इस समय क्या खाओगे?"

कुंज अपनी बहिन के मन की बात जान गया था, इसलिए उसने भी भारी मन से कहा, "कुछ नहीं, मुझे भूख नहीं है।"

कुसुम का क्रोध और भी बढ़ गया, किन्तु वह उसका संवरण कर अपनी कोठरी में चली गई।

कुंज ने एक चिलम तम्बाकू चढ़ाकर वहीं बैठे-बैठे हुक्का पिया। पी चुकने के बाद हुक्के को दीवार से सटाकर रख दिया और आवाज दी, "कुसुम!"

कुसुम अपनी कोठरी में बैठी सिलाई कर रही थी। उसने वहीं से उत्तर दिया, "क्या है?"

"रात इतनी हो गई, खाना कब पकाओगी?"

कुसुम ने वहीं बैठे-बैठे उत्तर दिया, "आज कुछ नहीं बनेगा।"

"क्यों?" भाई ने प्रश्न किया।

कुसुम ने क्रोधावेश में चिल्लाकर कहा, "मैं सौ बार कारण नहीं बता सकती।"

बहिन की यह बात सुनते ही कुंज धम्-धम् करता हुआ कोठरी में आ खड़ा हुआ और चिल्लाकर बोला, "क्यों इस तरह मेरा जी जलाती हो, कुसुम? अगर इसी तरह परेशान करती रहीं, तो मुंह उठाकर किसी भी दिशा में निकल जाऊंगा, यह कहे देता हूं।"

''जाओ, अभी चले जाओ! मैं घर में तुम्हें डोम-चमारों की नाईं इस प्रकार चीखने-चिल्लाने न दूंगी। अगर चिल्लाने का ही मन हो तो बाहर निकल जामो और गली में खड़े होकर खूब जोर से चिल्लाओ, मैं मना नही करूंगी।"

कुंज बहुत अधिक क्रुद्ध हो उठा और बोला, "कलमुंही, तू छोटी बहिन होकर बड़े भाई को घर से निकालती है!"

कुसुम ने कहा, "हां, निकालती हूं। तुम बड़े हो, क्या इसीलिए जो जी में आएगा करोगे?"

बहिन के मुंह की ओर देखकर कुंज मन ही मन थोड़ा डर गया। उसने अपने स्वर को यथासाध्य मृदु करके कहा, "क्या मैंने मनमानी की है, जरा बता तो।"

"तो क्यों तुम मुझसे बिना पूछे वहां चले गए और खा भी आए?"

"क्यों, इसमें हरज ही क्या है?"

कुसुम ने तीक्ष्ण स्वर में कहा, "और ऊपर से कहते हो, हरज ही क्या है! इतना भी नहीं जानते कि बहुत बरा हरज हो गया है! मैं मना किए देती हूं, आगे से तुम वहां कभी नहीं जाओगे!"

कुंज बड़ा भाई है। भाई-बहिन के कलह में अपनी हार मान लेने को वह कभी तैयार नहीं हो सकता। इस समय नीचा देखना उसके लिए परम लज्जा की बात हैं। उसने कहा, "क्या तू बड़ी बहिन है, जो मुझ पर हुक्म चलाती है? जहां मेरा जी चाहेगा, जाऊंगा। तू कौन होती है मुझे रोकने वाली?"

कुसुम ने फिर उसी प्रकार तीक्ष्ण स्वर में अपनी बात पर जोर देते हुए कहा, "नहीं, कभी नहीं जाने पाओगे। अगर मैंने सुन लिया, तो अच्छा न होगा। मैं कहे दे रही हूं, भैया!"

इस बार कुंज सचमुच डर गया, लेकिन ऊपर से साहस को बनाए रख बोल, "यदि गया, तो क्या कर लेगी तू?"

कुसुम ने सुई धागा और हाथ की सिलाई का काम फेंक दिया और जल्दी से उठ खड़ी हुई और चिल्लाकर बोली, "भैया, मैं कहे देती हूं, मुझे नाहक गुस्सा न दिलाओ। जाओ, मेरे सामने से चले जाओ! कह रही हूं, अभी, इसी समय चले जाओ!"

कुंज बुरी तरह सिटपिटा गया और कोठरी से बाहर निकल आया, फिर दरवाजे की ओट में खड़ा होकर धीरे से बोला, "तेरे डर से भागकर चला जाऊंगा, क्यों? यदि नहीं गया, तो क्या कर लेगी तू, बता?"

कुसुम ने कोई जवाब नहीं दिया। दीये की बत्ती को कुछ और उकसाकर वह पुनः सिलाई करने बैठ गई। ओट में खड़े कुंज का साहस कुछ और बढ़ा। उसने अपने स्वर को कुछ ऊंचा और कुछ तेज करके कहा, "लोग ठीक ही कहते हैं कि 'जिसकी जैसी बान, छूटे ना श्मशान!' खुद राक्षसी की तरह चिल्लाएगी सो कुछ नहीं और मैं जरा जोर से ही बोल दूंगा तो···।"

इतना कहकर कुंज टोह लेने के लिए रुक गया, लेकिन जब कोठरी के अन्दर से प्रतिवाद नहीं हुआ, तो उसने मन ही मन परम् सन्तोष का अनुभव किया, फिर अपने स्वर को और भी ऊंचा करके बोला, "जब मैं बड़ा हूं, जब मैं घर का मालिक हूं,तो सब काम मेरे हुक्म से ही होगा। मुझे किसी की सलाह की जरूरत नहीं और न किसी की बात सुनने की फुरसत ही है। मैं सौ दफे 'यह नहीं और वह नहीं सुनना नहीं चाहता। जब मैं मालिक हूं, जब घर मेरा है, जब यहां का कर्ता-धर्ता मैं हूं,तब जैसा 'मैं कहूं वैसा ही···।'

सहसा अपने पीछे पैरों की आहट सुनकर उसने जो गर्दन घुमाई, तो बात मुंह की मुंह में रह गई।

कुसुम दबे पांवों वहां आ खड़ी हुई थी और उसे तीखी निगाहों से देख रही थी। अब बोली, "बैठे-बैठे हंगामा ही करोगे या यहां से जाओगे भी?"

छोटी बहिन की उस तीक्ष्ण दृष्टि के आगे बड़े भाई का स्वामी और कर्ता-धर्ता बनने का सारा साहस पलायन कर गया। वह ऐसा सिटपिटाया कि उसके मुंह से सहसा कोई बात ही न निकल सकी। कुसुम ने फिर उसी तरह कहा, "बताओ भैया, यहां से जाओगे या नहीं?"

न तो अब अपने स्वामित्व को प्रतिपादित करने वाला वह कुंजनाथ रह गया था, न उसका वह गला ही रह गया था। रोते गले से किसी तरह बोला, "कह तो रहा हूं कि तम्बाकू चढ़ा लूं तो चला जाऊंगा!"

कुसुम ने हाथ बढ़ाकर कहा, "लाओ, मुझे दो!"

और वह भाई के हाथ से चिलम लेकर अन्दर चली गई। मिनट-भर में लौट आकर उस चिलम को हुक्के के ऊपर रख भाई की ओर बढ़ाते हुए

बोली, "सुनारों की दुकान पर ही जाओगे न?"

कुंज ने सिर हिलाकर कहा, "हां!"

कुसुम ने सहज भाव से कहा, "अच्छा, तो जाओ! किन्तु वहां अधिक रात मत कर देना। मुझे रसोई बनाने में अधिक देर नहीं लगेगी।"

कुंजनाथ हाथ में हुक्का लिए हुए धीरे-धीरे बाहर चला गया।

दो

उस दिन कुंज ने अपनी बहिन को वृन्दावन के घर-बार का जो परिचय दिया उसमें अत्युक्ति का कहीं लेश भी नहीं था। सच ही उनके घर में कंचन बरसता और लक्ष्मी फटी पड़ती थी और इस सम्पन्नता को लेकर उनमें से किसी को अहंकार अथवा अभिमान भी नहीं था।

उस गांव में कोई पाठशाला नहीं थी। वृन्दावन ने बचनन में अपने ही प्रयत्नों से थोड़ी-बहुत बंगाली लिखना-पढ़ना सीख लिया था। तभी उसने निश्चय कर लिया था कि बड़ा होने पर अपने गांव में एक पाठशाला अवश्य खोलूंगा, लेकिन उसके पिता गौरदास पकेपौढ़े सांसारिक आदमी थे। पाठशाला खोलने के काम को वे एकदम व्यर्थ और वाहियात समझते थे। इसीलिए उन्होंने इकलौता पुत्र होते हुए भी वृन्दावन को पाठशाला खोलने के काम में किसी प्रकार प्रश्रय नहीं दिया। उनकी मृत्यु के बाद ही वृन्दावन अपने संकल्प को पूरा कर सका। उसने अपने चंडीमंडप में एक नि:शुल्क पाठशाला खोलकर बाल्यावस्था में किए हुए निश्चय को कार्यान्वित किया।

मुहल्ले में एक अवसर प्राप्त बूढ़े शिक्षक रहते थे। उन्हें वृन्दावन ने अंग्रेजी सीखने के लिए रख लिया। वे रात के समय आकर पढ़ा जाया करते थे, इसलिए यह बात किसी पर प्रकट नहीं होने पाई। गांव में किसी को भी पता नहीं चल सका कि बिन्दा वैष्णव अंग्रेजी पढ़ा हुआ है। पांचेक बरस पहले जब स्त्री की मृत्यु हो गई, तो उसके बाद वृन्दावन ने अग्रेजी पढ़ना शुरू किया और रात का अपना अधिकांश समय इसी में लगाता

रहा। वह प्रायः रात-भर पढ़ा करता, सवेरे घर के काम-काज और खेती-बाड़ी की देखभाल करता और दोपहर में अपने द्वारा स्थापित पाठशाला में किसानों के बालकों को पढ़ाता। विधवा माता फिर से विवाह करने का आग्रह करतीं तो अपने शिशु पुत्र को दिखलाकर कहता, "जिसके लिए विवाह किया जाता है, वह तो मेरे पास है ही, तब फिर विवाह करने की आवश्यकता क्या है, मां?"

मां बहुत रोती-झींकतीं, खूब आग्रह-दुराग्रह करतीं, लेकिन वह उनकी कोई बात कान पर ही नहीं धरता था। इसी प्रकार दो बरस बीत गए।

उसके बाद एक दिन वृन्दावन ने सहसा कुंज वैष्णव के घर के सामने कुसुम को देखा। वह नदी से स्नान करके घड़ा कमर पर रखे घर लौट रही थी। उस समय उसने यौवन में पांव रखा ही था। वृन्दावन मुग्ध नेत्रों से उसे देखता रहा। जब कुसुम अपने घर के अन्दर चली गई, तब वह भी धीरे-धीरे वहां से आगे बढ़ा। इस गांव के सभी घरों और उनके निवासियों को वह अच्छी तरह पहचानता था, इसलिए उसे यह समझते देर न लगी कि यह किशोरी कौन है।

इकलौती सन्तान होने पर माता-पुत्र के बीच जो संबंध होता है, वृन्दावन और उसकी मां में भी वही संबंध था। घर लौट आकर वृन्दावन ने निःसंकोच भाव से अपनी मां को कुसुम की बात बता दी।

मां ने कहा, "लेकिन बेटा, यह हो ही कैसे सकता है? उन लोगों में दोष जो हैं!"

वृन्दावन ने जवाब दिया, "दोष है तो हुआ करे, मां, लेकिन फिर भी वह तुम्हारी बहू है। जब वहां मेरा विवाह किया, उस समय यह बात क्यों नहीं सोची थी?"

मां ने कहा, "यह सब तुम्हारे पिताजी जानते थे। उन्होंने जो अच्छा समझा कर गए।"

इस पर वृन्दावन ने कुछ रूठकर कहा, "अच्छी बात है, मां, तो जैसा पिताजी कर गए वही सही। मैं जैसा हूं, वैसा ही रहूंगा, अब तुम मुझे विवाह के लिए तंग मत करना न आग्रह ही करना।"

यह कहकर वह वहां से चला गया।

इस बात को भी तीन बरस बीत गए। इस बीच वृन्दावन की माता कुसुम को अपने घर लाने का सतत् प्रयत्न करती रही, परंतु परिणाम कुछ भी नहीं हुआ। कुसुम को किसी भी प्रकार राजी नहीं किया जा सका। कुसुम के इतने दृढ़ विरोध के दो बड़े कारण थे। एक तो यह कि वह अपने निरीह, असमर्थ और अल्पबुद्धि भाई को अकेला छोड़कर कहीं भी जाकर सुखी नहीं हो सकती थी। भाई की चिंता उसे सतत् बनी रहती और दूसरा कारण पहले ही बताया जा चुका है और किसी प्रकार का सामाजिक संस्कार किए बिना यदि सहज रूप से वह अपने पति के घर जाकर रह सकती, तो उसका मन और शरीर अपने भाई के अनुरोध एवं आग्रह के विरुद्ध इस प्रकार कदापि उठकर खड़ा न होता। इस विचार-मात्र से वह मारे लज्जा के कंटकित हो उठती कि फिर से वही सब करना होगा, तरह-तरह के वैष्णव लोग दल बांधकर आ जुटेंगे, उसकी मां के मिथ्या कलंक की बात निकाली जाएगी, स्वयं उसके बाल्य जीवन की विस्मृत घटनाओं को बड़े विस्तार के साथ दुहराया जाएगा, इतना ही नहीं, और भी न जाने कौन-से गड़े मुर्दे उखाड़े जाएंगे, न जाने किन-किन बातों का उल्लेख होगा, अच्छी-खासी चिल्ल-पों मचेगी, टोले-मुहल्ले के लोग कुतूहलवश देखने के लिए आ जुटेंगे, उसकी सखी सहेलियां कौतुक-पूर्ण दृष्टि से अवश्य ही ताक-झांक करेंगी और अन्त में सबके सब अपने-अपने घरों को लौटकर अत्यन्त सादी और सरल भाषा में हंसते-हंस_ते कहेंगे, डोम-चमारों की लड़की की भांति कुसुम का निकाह हो गया।' सोचते-सोचते उसका मन घृणा से छिः-छिः कर उठता। सद्'गृहस्थों की जिन कन्याओं के साथ उसने लिखना-पढ़ना सीखा है, जिनके साथ रहकर वह इतनी बड़ी हुई है, दरिद्र होने पर भी वह आचार-व्यवहार में उनसे किसी तरह हीन है, यह बात किसी भी प्रकार उसके मन में नहीं बैठती, वह आचरण और व्यवहार में स्वयं को उनके समकक्ष ही समझती है।

कल संध्या के समय भाई के साथ कुसुम का झगड़ा हो गया था। नाराज होकर उसने लकड़ी के सन्दूक की चाबी अपने भैया के पैरों के पास फेंक दी थी और क्रोधावेश में कह गई थी, "तुम जानो और तुम्हारा काम जाने, मुफ्त अब तुम्हारी इस गिरस्ती से कोई प्रयोजन नहीं।" आज

सवेरे नदी से स्नान करके लौटी तो देखा कि भाई नहीं हैं, वे कहीं चले गए हैं। उनकी फेरी वाली डलिया भी नहीं है। कुसुम मन ही मन हंस पड़ी और उसने सोचा, रात डांट और झिड़कियां खाकर दादा आज सवेरे-सवेरे ही भाग खड़े हुए। कल की भूल को सुधारने और क्षति को पूरा करने के लिए वे आज इतने सवेरे चले गए हैं, लेकिन कुसुम ने जैसा अनुमान किया, बात वैसी नहीं थी वह भूल दूसरे ही प्रकार की थी, जो शीघ्र ही प्रकट हो गई।

कुसुम को रोज बड़े सवेरे उठकर घर के काम करने पड़ते। घर-द्वार को गोबर से लीपकर, छोटे-से आंगन को झाड़-बुहार कर वह नदी पर स्नान करने चली जाती। नहाकर लौटते समय पानी भी भरती लाती और तब अपने भैया के लिए भोजन बना देती। कुंज भात खाकर फेरी पर निकल जाता, तो वह पूजा-पाठ करने बैठती। जिस दिन कुंज खाकर न जाता, उस दिन वह दोपहर को ही लौट आता था। अभी भाई के लौटने में बहुत देर है, यह सोचकर कुसुम फूल चुनने लग गई। आंगन के एक कोने में फूलो के कुछ पौधे थे। मल्लिका और जूही के भी दो-एक झाड़ थे। नित्य की पूजा लायक फूल उनसे मिल जाया करते थे। फूल चुनकर और समस्त आयोजन करके वह जैसे ही पूजा पर बैठी कि इतने में उसके द्वार पर कुछेक बैलगाड़ियां आ खड़ी हुईं और दूसरे ही क्षण एक प्रौढ़ा दरवाजा ठेलकर अन्दर चली आई। थोड़ी देर तक दोनों ही एक-दूसरी को देखती रहीं। कुसुम ने आगन्तुक महिला को इससे पहले कभी देखा नहीं था, लेकिन नाक पर तिलक और गले में माला देखकर वह समझ गई कि कोई भी क्यों न हो, है अपनी ही जाति की।

प्रौढ़ा ने समीप आकर हंसते हुए कहा, "तुम तो मुझे पहचानती नहीं हो बेटी, परन्तु तुम्हारे भाई जरूर पहचानते हैं। कुंजनाथ कहां हैं?"

कुसुम ने जवाब दिया, "वे तो आज सवेरे ही बाहर चले गए हैं। बहुत करके देर में ही लौटेंगे।"

आगन्तुक महिला ने विस्मित होकर कहा, "अरे, देर से आएंगे? कल ही तो अपने बहनोई को और दूसरे चार-पांच लड़कों को, वे भी कोई गैर नहीं, सब अपने आपस के ही हैं और रिश्ते में भानजे होते हैं, खाने का

न्योता दे आए हैं। तभी तो मैंने आज सवेरे ही वृन्दावन से कहा कि बेटा, गाड़ीवान को बैलगाड़ी जोतकर लाने के लिए कह दे, चलूं, मैं भी बहू को आशीर्वाद दे आऊं।"

सुनते ही कुसुम स्तम्भित हो गई, लेकिन दूसरे ही क्षण उसने अपने-आपको संभाल भी लिया। फुर्ती से माथे का पल्ला थोड़ा खींचकर उसने प्रौढ़ा को प्रणाम किया, फिर घर के अन्दर जाकर आसन ले आई और उसे बिछाकर चुपचाप खड़ी हो गई। कुसुम ने समझ लिया कि ये सास हैं। वे आसन पर बैठकर हंसते हुए बोली, "कल खाने के बाद वृंदावन ने हंसी-हंसी में कहा, ऐसा अभागा हूं मैं कि कुंज भैया हैं तो बड़े भाई के समान, परन्तु किसी भी दिन इन्होंने अपने यहां एक लोटा पानी तक पी आने का निमन्त्रण नहीं दिया। इधर कई दिनों से मेरी ननद के लड़के भी हमारे यहीं हैं। कुंजनाथ ने हंसते हुए उन सबको भी निमन्त्रण दे दिया, इसलिए वे सब भी आ गए हैं।"

कुसुम सिर झुकाए चुपचाप सुनती रही।

वृन्दावन की मां साधारण निम्न कोटि की स्त्रियों की भांति नहीं थीं। वे काफी समझदार औरत थीं। कुसुम का यह व्यवहार देखकर उन्हें सहसा सन्देह हुआ कि अवश्य कोई गोलमाल होना चाहिए। उन्होंने सन्दिग्ध स्वर में पूछा, "क्यों बहू, क्या कुंजनाथ तुमसे कुछ भी नहीं कह गए?"

कुसुम ने घूंघट के भीतर सिर हिलाकर जतलाया, "नहीं।"

परंतु वृन्दावन की मां कुसुम के आशय को न समझ सकी, उलटे उन्होंने यह सोचा कि वह कहकर ही गया है, इसलिए संतुष्ट होकर बोली, "तब तो अच्छा ही है।" फिर कुंजनाथ को लेकर स्नेह-भरे स्वर में उन्होंने कहा, "मैं तो डर रही थी कि कहीं मेरा पागल बेटा सब भूल-भाल न गया हो। अब तो मैं समझती हूं कि वह कुछ सौदा खरीदने गया होगा, जल्दी ही लौटकर आ जाएगा। लो, वे सब भी आ पहुंचे हैं।"

"कुंज दा!" वृन्दावन ने एक बार जोर से पुकारा और दूसरे ही क्षण आंगन में आ खड़ा हुआ। उसके साथ तीन लड़के और भी थे, यही उसके फुफेरे भाई थे। वृन्दावन को आया देख उसकी मां न कहा, "कुंजनाथ

तो अभी कहीं बाहर चले गए हैं। बहूरानी, तुम अन्दर एक शतरंजी बिछा दो तो ये लोग बैठ जाएं।"

कुसुम ने फुर्ती से अपने भाई की कोठरी में एक कम्बल बिछा दिया और हाथ में चिलम लेकर तम्बाकू चढ़ाने के लिए रसोईघर में चली गई। वृन्दावन ने यह देखा तो हंसकर बोला, "रहने दो, हम लोगों में तम्बाकू पीने वाला कोई नहीं।"

कुसुम ने चिलम रख दी और रसोईघर में एक खूटी के सहारे स्तब्ध खड़ी हो गई। उसका विवेकहीन मूर्ख भाई अकस्मात् कैसी विपत्ति में फंसाकर चलता बना! क्रोध, अभिमान, लज्जा और अवश्यम्भावी अपमान की आशंका से उसकी आंखों में आंसू भर आए। कल ही उसके भण्डार-घर की सब चीजें समाप्त हो गई थीं। आज सवेरे स्नान करने के लिए जाने से पहले वह सोचती गई थी कि लौटते ही भैया को बाजार भेजकर सामान मंगवा लेगी, लेकिन लौटकर देखा, तो भैया लापता थे। दोष-अपराध हो जाने पर कुंज अपनी छोटी बहिन से इतना अधिक डरता है, जितना कोई नौकर दुष्ट मालिक से भी नहीं डरता होगा। अपने इस गुरुतर अपराध को अपनी बहिन से कहने का साहस वह किसी भी प्रकार जुटा नहीं पाया और इसीलिए सवेरा होते ही भाग खड़ा हुआ। अब किसी भी हालात में वह रात से पहले घर लौटकर नहीं आएगा। इस बात का निश्चय हो जाने पर कुसुम मारे आशंका के व्यग्र और व्यथित हो उठी और सबसे बढ़ कर मुसीबत तो यह हुई कि लकड़ी के जिस सन्दूक में उसके जमा किए हुए कुछ रुपये थे, उसकी चाबी भी इस समय उसके पास नहीं और न हाथ में ही कुछ पैसा था।

इस प्रकार निरुपाय होकर बह पांचेक मिनट खूंटी को पकड़े खड़ी रही और तब हठात् उसका सारा क्रोध वृन्दावन पर बरस पड़ा। वास्तव में देखा जाए तो सारा दोष इन्हीं का है! क्यों ये उसके निरीह और निर्बोध भाई को रास्ते में से पकड़कर ले गए और क्यों इन्होंने उससे ऐसा मजाक किया? ओर ये होते कौन हैं, जो भाई इन्हें अपने घर बुलाकर भोजन कराए?

इधर तीन बरसों से वृन्दावन कितने ही बहानों और कितनी ही

तरकीबों से आता-जाता रहा है, कितने ही उपायों से इन दोनों भाई-बहिनों के मन को अनुकूल करने का प्रयत्न करता रहा है, कितनी ही बार सवेरे-सांझ निष्प्रयोजन ही घर के आगे से निकलकर चला गया है। उनकी दुरवस्था, गरीबी और दुःख को वह अच्छी तरह जानता है और सब कुछ जानते समझते हुए भी केवल उन्हें नीचा दिखाने के लिए ही उसने यह सारा प्रपंच खड़ा किया है।

काठ की मूरत के समान कुसुम वहीं खड़ी आंखों से बहते आंसुओं को पोंछने लगी। वह बड़ी अभिमानिनी है, कभी किसीके आगे हाथ नहीं फैलाती, लेकिन इस समय अकेली क्या करे?

वृन्दावन की मां तो उठकर अन्दर चली गई और अपनी ननद के लड़कों से बातें करने लगीं, लेकिन उसके अपने लड़के के नेत्र कोठरी के बाहर इधर-उधर भटकने लगे। सहसा वह भटकती हुई दृष्टि रसोईघर में खड़ी कुसुम पर जा पड़ी। आखें चार हुई और वृन्दावन को ऐसा लगा मानो वे नेत्र संकेत से उसे अपने पास बुला रहे हैं। क्षण-भर के लिए उसका समूचा हृदय उन्मत की भांति उछलकर पुनः स्थिर हो गया। उसने सोचा कि यह असम्भव है, आंखों की भूल होनी चाहिए।

जो कभी संयोगवश सामने पड़ जाने पर मुंह घूंघट से ढक जल्दी-जल्दी चली जाती है, जिसकी दारुण वितृष्णा की बात अनेक बार कुंजनाथ सुना चुका है, वही क्या स्वयं होकर, अपनी इच्छा से मुझे बुलाएगी? नहीं, यह कभी भी सम्भव नहीं प्रतीत होता और ऐसा सोचकर वृन्दावन ने अपनी दृष्टि दूसरी ओर कर ली। लेकिन उसकी वह दृष्टि दूसरी ओर ठहर न सकी। जिस जगह आंखें चार हुई थीं घूमकर पुनः वहीं आ गई। इस बार विश्वास हो गया कि नहीं, वह भ्रम नहीं था, कुसुम उसीकी ओर देख रही थी और उसने उसे हाथ के संकेत से बुलाया भी।

लड़खड़ाते पांवों से वृन्दावन उठकर रसोईघर के दरवाजे के पास आ खड़ा हुआ और कोमल स्वर में उसने पूछा, "क्या मुझे बुलाया है?"

कुसुम ने भी उतने ही कोमल स्वर में प्रत्युत्तर दिया, "हां।"

वृन्दावन ने थोड़ा और आगे खिसककर पूछा, "क्यों?"

कुसुम थोड़ी देर तक चुप रहने के बाद भारी गले से बोली, "तुम से

यही पूछने के लिए कि हमारे जैसे दीन-दुःखियों को सताना तुम्हारे जैसे बड़े आदमियों की कौन-सी बहादुरी है?"

'ओह, सहसा यह कैसा अभियोग!' वृन्दावन से कोई जवाब देते नहीं बना। वह चुप खड़ा रहा।

कुसुम ने और भी अधिक कठोरता से कहा, "क्या जानते नहीं कि हमारे दिन कितनी कठिनाई से बीत रहे हैं? फिर क्यों तुमने भैया से ऐसी हंसी की? क्यों इतने आदमियों को लेकर भोजन के लिए चले आए?"

पहले तो वृन्दावन की समझ में ही नहीं आया कि इस उलाहने का क्या जवाब दे, पर थोड़ी देर तक चुप रहकर उसने सहज भाव से पूछा, "कुंज दा कहां हैं?"

कुसुम ने जवाब दिया, "यह तो स्वयं मुझे भी मालूम नहीं। मुझसे बिना कुछ कहे ही वे सवेरे उठकर कहीं चले गए हैं।'

वृन्दावन फिर कुछ देर तक चुप रहने के बाद बोला, "अच्छा, गए तो जाने दो। वे नहीं हैं तो मैं तो हूं। क्या घर में खाने-पीने को कुछ भी नहीं है?"

ना, कुछ भी नहीं है, सब चुक गया है और मेरे हाथ में इस समय एक पैसा भी नहीं है।"

वृन्दावन ने कहा, "सो कोई चिन्ता की बात नहीं। इस गांव में तुम्हारी तरह मुझे भी लोग जानते-पहचानते हैं। मैं मोदी के हाथ सब चीजें खरीदकर भिजवा देता हूं। मुझे एक गमछा दो। मैं अभी स्नान करके आता हूं। मां पूछें तो कह देना कि नहाने गया हूं। अब तुम यहां खड़ी मत रहो। जाओ, गमछा ले आओ।"

कुसुम ने अन्दर की कोठरी में से गमछा लाकर दे दिया।

उस गमछे को माथे पर लपेटकर वृन्दावन ने हंसकर कहा, "कुंज दा की तुम बहिन हो, इसीलिए वे तुम्हें इस प्रकार छोड़कर भाग सके हैं। यदि और कोई होतीं, तो मेरा ख्याल है कि वे इस प्रकार छोड़ न जाते।"

कुसुम ने बहुत ही धीरे से उत्तर दिया, "हां, सब लोग तो इस तरह

नहीं छोड़ सकते, लेकिन कोई-कोई ऐसे भी हैं, जो बड़े मजे में छोड़ सकते हैं।"

इतना कहकर कुसुम ने वृन्दावन की ओर तिरछी दृष्टि से देखकर यह पता लगाना चाहा कि इस बात ने उनके हृदय पर कितना और कैसा आघात किया है।

वृन्दावन ने जाने के लिए पांव बढ़ाया ही था, यह सुनकर वह रुक गया और धीरे-धीरे रुक-रुककर बोला, "तुम्हारा यह भ्रम शायद किसी दिन भंग होगा। बचपन में अपनी मां के किसी दोष के लिए जिस प्रकार तुम उत्तरदायी नहीं हो, उसी प्रकार अपने पिता की किसी भूल के लिए मैं भी दोषी नहीं हूं, परन्तु रहने दो इन बातों को, इस समय तो जाओ; भोजन का प्रबन्ध करो।"

"भोजन का प्रबन्ध क्या करूं, तुम्हीं बताओ! यदि अपना माथा काटकर पकाने से तुम लोगों का पेट भर सके, तो मैं वह भी करने को तैयार हूं।"

वृन्दावन दो-एक कदम चला गया था, यह सुनकर पुनः लौट आया; लेकिन उसने इस बात का कोई जवाब नहीं दिया, बल्कि अपना स्वर और भी धीमा करके बोला, "मुझे जो चाहो कह सकती हो, और मुझे तो वह सब सहना ही होगा, किन्तु क्रोध में आकर अपनी सास से कोई कड़वी बात न कह बैठना। उन्हें जरा-सी बात भी बहुत लग जाती है।"

कुसुम को गुस्सा आ गया। उसने कुपित स्वर में फुसफुसाते हुए कहा, "में कोई जानवर नहीं हूं, थोड़ी बुद्धि तो मुझमें भी है।"

वृन्दावन ने कहा, "यह तो में भी जानता हूं और यह भी जानता हूं की बुद्धि की अपेक्षा क्रोध कहीं अधिक है, लेकिन कुसुम, एक बात और है। मां स्नान करके ही चली आई हैं, अभी उन्होंने पूजा-पाठ नहीं किया है। उनसे पूछकर पहले उसी का प्रबन्ध कर दो। मैं जाता हूं।"

"जाओ, लेकिन कहीं गप्प लड़ाने न बैठ जाना।"

वृन्दावन थोड़ा हंसकर बोला, "नहीं, लेकिन देर करके तुम्हारे मुंह से झिड़कियां खाने का बड़ा लोभ हो रहा है। यदि और किसी दिन के लिए आशा बंधाओ तो हो सकता है कि आज जल्दी ही लौट आऊं।"

"सो तब देखा जाएगा," इतना कहकर कुसुम रसोईघर के भीतर जा रही थी।

सहसा वृन्दावन ने एक ठण्डी सांस लेकर मृदु स्वर में कहा, "कितने आश्चर्य की बात है! एक बार भी ऐसा नहीं लग रहा है कि आज तुम पहले-पहल बातें कर रही हो। मानो तुम युग-युगांतरों से इसी प्रकार मुझपर शासन करती चली आ रही हो। भगवान के हाथों बांधा हुआ यह कितना बड़ा और विचित्र बन्धन है, कुसुम!"

कुसुम खड़ी सुनती रही, परन्तु उसने कोई जवाब नहीं दिया।

वृन्दावन के चले जाने के बाद उनकी इस बात को याद कर सहसा उसका सारा शरीर सिहर उठा। वह रसोईघर में जाकर चुप बैठ गई। अपनी शिक्षा के अभिमान में आज तक जिसे वह अशिक्षित किसान समझकर किसी योग्य नहीं मानती थी, मन में जिसे कुछ गिनती ही नहीं थी, आज की बातचीत और व्यवहार के बाद उसी के सम्बन्ध में एक नये आनंद और नई चाह से उसका मन ललक उठा।

तीन

उस दिन सन्ध्या से पहले, घर लौटने के समय वृन्दावन की मां ने कुसुम को समीप बुलाकर अश्रुप्लावित स्वर में कहा, "बहूरानी, आज का सारा दिन जैसे आनन्द से बीता, सो में मुंह से कह नहीं सकती। तुम सदा सुखी रहो बेटी!"

यह कहकर उन्होंने अपने आंचल से एक जोड़ा सोने के कड़े निकाले और अपने हाथों कुसुम की कलाइयों में पहना दिए। आज का समस्त आयोजन कुसुम ने गुप्त रूप से वृन्दावन की सहायता के द्वारा सम्पन्न किया है, इस बात को भी उन्होंने जान लिया था। विशेषतः इसी कारण उनका हृदय आशा और आनन्द से परिपूर्ण हो उठा था। कुसुम ने गले में आंचल डालकर उन्हें प्रणाम किया और उनके पांवों की धूल माथे पर चढ़ाकर वह चुपचाप खड़ी हो गई। सास-बहू के बीच इस सम्बन्ध में और कोई बात नहीं हुई। गाड़ी में बैठने के बाद उन्होंने बहू को सम्बोधित कर कहा, "कुँजनाथ से मिलना तो हुआ नहीं, बेटी। पगला सारा दिन न जाने कहां गायब रहा? कल उसे एक बार मेरे पास भेज देना।"

कुसुम ने सिर हिलाकर अपनी सम्मति प्रदर्शित की।

वृन्दावन के पितामह ने अपने घर में गौरांग महाप्रभु की प्रतिमा प्रतिष्ठित की थी इसी देवघर में बैठकर वृन्दावन की मां रोज बड़ी रात तक माला जपा करती थीं। आज भी वे नित्य नियमानुसार बैठी माला फेर रही थीं। उनका शिशु पौत्र गोद में सिर रख-कर सो रहा था। ये

लोग जिस जगह बैठे हुए थे वहां छाया थी, दीपक का प्रकाश वहां पड़ नहीं रहा था, इसलिए जब वृन्दावन ने देवघर में प्रवेश किया, तो वह इन लोगों को देख न सका। वह वेदी के समीप पहुंचकर घुटने मोड़कर बैठ गया और थोड़ी देर मन ही मन प्रार्थना करने के बाद भूमि पर सिर टिका-कर प्रणाम करने के बाद जैसे ही उठकर खड़ा हुआ तो उसकी दृष्टि माता की ओर गई। मन ही मन अतिशय लज्जित होकर वह हंस पड़ा और उसने पूछा, "मां, तुम इस तरह अंधेरे में क्यों बैठी हो?"

मां ने स्नेहपूर्वक कहा, "यूं ही बैठ गई, बेटे। आ, तू भी मेरे पास आकर बैठ जा।"

वृन्दावन मां के पास आकर बैठ गया।

उसके लज्जित होने का कारण था। उस समय रात एक पहर से अधिक बीत चुकी थी। ऐसे असमय में वह आज से पहले कभी भी देवता को प्रणाम करने के लिए आया नहीं था। आज आया था, जिस आशातीत सौभाग्य के कारण आनन्द उसकी छाती में समा नहीं रहा था, और जिस आनन्द के कारण आज का दिन सार्थक प्रतीत हो रहा था, उसी को विनम्र हृदय से एकान्त में देवता के निकट निवेदित करने के लिए, परन्तु, मां उसके मन की बात को अनुमान से जान न लें, इस लज्जा से वह संकुचित भी हो उठा था।

थोड़ी देर बाद मां सोए हुए पौत्र के माथे और मुंह पर हाथ फेरते हुए उच्छ्वसित स्नेहार्द्र कण्ठ से कह उठी, "बिना मां के अपने इस एक-मात्र वंशधर को छोड़कर मैं एक कदम भी कहीं जा नहीं सकती, पर आज ऐसा लग रहा है वृन्दावन कि मानो मेरे सिर पर से किसीने यह भारी बोझा उतार दिया है। अब तो उसे शीघ्र घर ले आओ बेटा, जिससे सब कुछ बहू को सौंपकर मैं छुट्टी पा लूं और कुछ दिन काशी-वृन्दावन 'घूम आऊं।"

आज वृन्दावन के हृदय में भी आशा और विश्वास का वैसा ही स्रोत प्रवाहित हो रहा था, लेकिन फिर भी उसने सलज्ज मुस्कान के साथ कहा, "मां, वह क्यों आएगी!"

मां ने असन्दिग्ध भाव से दृढ़तापूर्वक कहा, "क्यों, आएगी क्यों नहीं? वह आएगी तभी तो मेरी छुट्टी होगी। यह मेरी ही भूल थी, बेटा, मैं इतने दिनों स्वयं नहीं गई। लौटते समय अपने हाथ के सोने के दो कड़े पहनाकर आशीर्वाद दिया और बहू मेरे पांवों की धूल मस्तक से लगाकर चुप खड़ी हो गई, तभी मैंने समझ लिया कि अब मेरे सिर का भार उतर गया। देख तो सही, अब से जो भी पहला शुभ दिन आएगा, मैं स्वयं जाकर घर की लक्ष्मी को घर ले आऊंगी।"

वृन्दावन ने कुछ देर चुप रहने के बाद पूछा, "लेकिन यहां आकर वह तुम्हारे इस वंशधर की देखभाल करेगी भी?"

मां ने तत्काल उत्तर दिया, "देख-भाल करेगी क्यों नहीं? वह डर मुझे नहीं है।"

"क्यों नहीं है मां?"

मां ने कहा, "मैं सोना पहचानती हूं वृन्दावन। यदि ऐसी बात न होती, तो क्या मैं उसे अपनी गृहस्थी में लाने का नाम भी लेती! हां रे वृन्दावन, बहू क्या तेरे साथ हमेशा बातें करती है?"

"नहीं मां, किसी भी दिन नहीं। केवल आज, जान पड़ता है कि संकट में पड़कर···।" वृन्दावन ने बात अधूरी ही छोड़ दी और थोड़ा-सा मुस्कराकर चुप हो गया।

मां कुछ देर मौन रहीं, फिर किंचित् गम्भीर होकर बोलीं, "उसने जो किया ठीक ही किया बेटा, इसमें उसका कोई दोष नहीं, सभी ऐसा करते है। विपत्ति में पड़ने पर मनुष्य जिसे वास्तव में अपना समझता है, उसीके पास दौड़ा जाता है, उसीके आगे अपना दुखड़ा रोता है। मैं तो औरत हूं, वृन्दावन, उसीकी जाति की, परन्तु अपने दुःख की बात उसने मुझसे नहीं कही, तुझी से कही।"

वृन्दावन चुपचाप सुनता रहा।

मां ने फिर कहा, "अभी मुझे एक काम और करना है और वह है कुंजनाथ का घर बसा देना।"

इतना कहकर वे सहसा हंस पड़ी और तब बोलीं, "वह भी आदमी

खूब है! मोहल्ले-भर को न्योता देकर आप घर छोड़कर भाग गया। पीछे जो होना हो, सो होता रहे, उसकी बला से।" वृन्दावन भी चुपचाप हंसने लगा।

मां बोली, "सुना है, बहूरानी से वह बहुत डरता है। बड़ा भाई होकर भी छोटे भाई की तरह आचरण करता है। किसी-किसी के नक्षत्र ही इतने प्रबल होते हैं, वृन्दावन, सभी को उनसे डर लगता है, डरना ही पड़ता है, ऐसे लोगों के उम्र में छोटे अथवा बड़े होने से कोई फर्क नहीं पड़ता। हमारी बहू भी ऐसी ही धातु की बनी है, शान्त फिर भी सख्त। मैं भी ऐसी ही बहू चाहती हूं, जिस पर गृहस्थी का भार डाला जाए तो वह उसे सह सके और निभा सके।"

थोड़ी देर चुप रहने के बाद वे फिर बोल उठी, "एक ही दिन देखा है उसे, पर इस तरह मन में बस गई है और इतना चाहने लगी हूं उसे कि कुछ कह नहीं सकती। जब से सांझ हुई, बराबर यही सोचती रही हूं कि कब उसे घर लाऊं और कब फिर देखूं।"

मारे सज्जा के वृन्दावन के कान लाल हो उठे। उसने बात बदलने के अभिप्राय से कहा, "हां, मां, तुम कुंज दा के बारे में क्या कह रही थीं ?"

मां ने कहा, "ओह, उसकी बात तो मैं भूल ही गई। कह रही थी कि बहू को अपने घर लाने से पहले कुंज का घर बसाना मेरा कर्त्तव्य हो जाता है। कल बड़े सवेरे ही तू गोपाल से गाड़ी लगाने के लिए कह देना। मैं जरा नलडांगा तक जाऊंगी। वहां के गोकुल वैरागी की लड़की मुझे बहुत पसन्द है। देखने-सुनने में भी बुरी नहीं। इसके अलावा।"

बात पूरी होने के पहले ही वृन्दावन हंसकर बोला, "इसके सिवा घर मे वह अकेली एक लड़की है और वैरागी भी कुछ धन-सम्पत्ति छोड़कर मेरा है न, मां ?"

मां को भी हंसी आ गई। बोली, "हां. बेटा, बात तो कुछ ऐसी ही है और फिर कुंज को तो सभी कुछ चाहिए, लड़की भी और धन-दौलत भी। खाली विवाह कर देने से तो काम चलेगा नहीं, खाने-पहनने का बन्दोबस्त भी तो करना होगा और लड़की भी कोई खास बुरी नहीं है।

थोड़ी काली जरूर है, परन्तु नाक-नक्शा और चेहरा-मोहरा बहुत अच्छा है। अब जो भी हो, देखना चाहिए कि कल वहां जाने पर क्या होता हैं।''

वृन्दावन ने सिर हिलाकर कहा, "अच्छा तो मां, मैं भी मुहूर्त दिखला लूं। जब तुम स्वयं वहां जा रही हो तो खाली हाथ नहीं लौटोगी, इतना तो निश्चय ही है।"

चार

कुंजनाथ के विवाह की, लेन-देन की, खिलाने-पिलाने की प्रायः सभी बातें तय करके वृन्दावन की मां उसी दिन अपराह्न में घर लौट आई।

उस समय चंडीमंडप के सामने कतार में खड़े होकर पाठशाला के विद्यार्थी पहाड़े सुना रहे थे और वृन्दावन एक ओर खड़ा सुन रहा था। गाड़ीवान ने जैसे ही बैलगाड़ी को घर के आगे रोका, वृन्दावन का शिशु पुत्र चरण शोर मचाता गाड़ी से उतरकर अपने बाप की ओर लपका। मामी को पसन्द कराने के लिए वह भी आज अपनी दादी के साथ गया था। वृन्दावन ने उसे उठाकर गोद में ले लिया और गाड़ी के समीप आ खड़ा हुआ। मां उस समय गाड़ी में से उतर रही थीं। उनके प्रसन्न मुख को देखकर उसने कहा, "क्यों मां, कब का मुहूर्त तय रहा?"

"इस महीने के अन्तिम दिन के बाद और मुहूर्त नहीं है। तू जरा भीतर आ, बहुत-सी बातें करनी हैं।" यह कहकर वे हंसती हुई भीतर चली गईं।

अब मेरे घर बहू आएगी! इस आनन्द से उनका हृदय फूला नहीं समा रहा था। उस दिन कुसुम को घर-गृहस्थी के कामों में निपुण देखकर वे उसे बहुत चाहने लगी थीं। उसी दिन उन्होंने यह भी स्पष्ट देख लिया था कि अब मैं सुखी हो सकूंगी और अपनी एकमात्र सन्तान को यथार्थ में सुखी कर सकूंगी और घर-गृहस्थी का सारा भार बहू को सौंपकर तीर्थ,

व्रत और यात्रा की अपनी चिरसंचित मन की अभिलाषा को पूरा कर सकूंगी। इसी एक सुख-स्पप्न की बदौलत उनके लिए और सब काम सहज साध्य हो गए थे। इसीलिए उन्होंने गोकुल की विधवा के सभी प्रस्तावों को स्वीकार कर लिया था और विवाह का सारा खर्च अपने जिम्मे लेकर कुंज का विवाह तय कर पाई थीं।

उस समय तक उनका भोजन नहीं हुआ था। वृन्दावन इस बात को जानता था कि कहीं जाकर मां जल्दी भोजन करने के लिए तैयार नहीं होतीं। पाठशाला छुट्टी करके वह भीतर आया, तो उसने पाया कि भोजन बनाने का कोई आयोजन नहीं करके वे चुपचाप एक ओर बैठी है। वृन्दावन ने कहा, "उपासी रहकर सोचती रहीं तो सभी कुछ गड़बड़ा जाएगा। दूसरों की चिन्ता पीछे करना मां, पहले अपने खाने-पीने का प्रबन्ध करो।"

मा ने कहा, "वह सांझ के बाद देखा जाएगा। नहीं बेटा, मैं हंसी नहीं कर रही और विवाह-शादी का काम हंसी-मजाक होता भी नहीं। उस पगले के पास पैसा है, न अपना कहने का कोई रिश्तेदार। सब कुछ हमीं को करना होगा, सारा भार हमीं को उठाना होगा। लड़की की मां बड़ी ही सख्त औरत है। मैं स्वयं देख आई हूं। जल्दी किसी बात पर राजी होना जानती ही नहीं, लेकिन मैं भी तो छोड़नेवाली नहीं। अरे, आ बेटे आ! तेरी हजार बरस की उमर हो, हम अभी बैठें तेरे ही बारे में बातें कर रहे थे। आ, बैठ, लेकिन इस समय कैसे?"

वास्तव में एक गांव से दूसरे गांव किसी के घर जाने का यह समय था भी नहीं।

कुंजनाथ ने घर में प्रवेश करते ही इस प्रकार की बात सुनी, तो सिटपिटा गया, फिर अप्रतिभ होकर समीप आया और प्रणाम करके बैठ गया।

वृन्दावन ने परिहास करते हुए कहा, "क्यों कुंज दा, आपको पता कैसे चल गया? एक रात भी जब्त करके बैठ नहीं सके! कल सबेरे आकर भी तो सुन सकते थे! रात-भर में ऐसा क्या हर्ज हो जाता?"

मां भी मुस्करा दीं, परन्तु कुंज का ध्यान इन बातों की ओर गया

ही नहीं। उसने आंखों को माथे में चढ़ाकर कहा, "बाप् रे! बहिन नहीं हुई, पुलिस का दारोगा हो गई!"

वृन्दावन ने मुंह फेरकर हंसी छिपाई और मां ने हाथ मुंह पर रखकर फिर उन्होंने पूछा, "क्यों, बहू ने क्या कोई सन्देश भेजा है?"

कुंज ने इस प्रश्न का भी उत्तर नहीं दिया। वह अत्यन्त गम्भीर होकर बोला, "वाह मां, तुम भी कैसी भुलक्कड़ हो! यह तो अच्छा हुआ कि कुसुम की निगाह पड़ गई, परन्तु मान लो कि किसी और की निगाह पड़ जाती, तो क्या होता? क्या सर्वनाश ही नहीं हो जाता?"

बात का सिर-पैर कुछ भी उनकी समझ में नहीं आया, इसलिए वे उद्विग्न भाव से देखती रहीं।

वृन्दावन ने पूछा, "बात क्या है कुंज दा, कुछ बताओ तो!"

इतनी जल्दी रहस्य का उद्घाटन कर कुंज अपने महत्त्व को घटाना नहीं चाहता, इसलिए उसने वृन्दावन के प्रश्न को जैसे सुना ही नहीं। मां से बोला, "पहले यह बतलाओ कि क्या खिलाओगी, तब बतलाऊंगा।"

इसपर मां हंस पड़ी और बोलीं, "इससे अच्छी बात भला और क्या हो सकती है! घर तुम्हारा ही है, बोलो, क्या खाओगे।"

कुंज ने कहा, "अच्छी बात है, खाने-पीने की बात फिर किसी दिन देख ली जाएगी। अभी तो यह बताओ कि तुम्हारी कौन-सी चीज खो गई है।"

वृन्दावन की मां चिन्तित हो उठीं। कुछ ठहरकर सन्दिग्ध भाव से बोलीं, "ना, मेरा तो कुछ भी नहीं खोया है।"

यह सुनकर कुंज 'हो-हो' करके हंस पड़ा, फिर अपने दुपट्टे में हाथ डालकर उसने एक जोड़ी सोने के कड़े निकाले और उन्हें मां के आगे रखता हुआ बोला, "तो फिर ये कड़े तुम्हारे नहीं हैं?"

इतना कहकर कुंज मारे आह्लाद के अपने आप हो हंसने लगा।

ये वही कड़े थे जिन्हें कल ठीक इसी समय परमस्नेह से पुत्र-बधू के हाथों में पहनाकर वृन्दावन की मां ने उसे आशीर्वाद दिया था। आज वही कड़े और वही आशीर्वाद कुसुम ने नासमझ कुंज के हाथों लौटा दिए थे।

वृन्दावन ने क्षण-भर उन कड़ों की ओर देखकर जब अपनी मां के

मुंह की ओर दृष्टि घुमाई तो वह डर गया। मां का चेहरा एकदम सफेद हो गया था, रक्त की एक बूंद भी वहां रह नहीं गई थी। तीसरे पहर के उस म्लान आलोक में मां का वह चेहरा किसी मृतक के चेहरे के समान सफेद दिखाई दे रहा था। उस समय वृन्दावन के मन पर क्या बीती; हृदय में क्या हुआ, उसे एक अन्तर्यामी ही जानते हैं, परन्तु दूसरे ही क्षण वृन्दावन ने अपने-आपको संभाल लिया, इसके लिए उसे अवश्य अपनी पूरी शक्ति लगानी पड़ी, प्रबल चेष्टा करनी पड़ी, फिर वह मां के समीप खिसक आया और अत्यन्त शान्त एवं सहज स्वर में बोला, "मां, यह हम लोगों का बड़ा सौभाग्य है कि भगवान ने हमारी चीज को हमें लौटा दिया। वे तुम्हारे हाथ के कड़े है, उसकी सामर्थ्य हैं मां कि वह इन्हें पहन सके!"

फिर उसने कुंज की ओर मुड़कर कहा, "चलो, कुंज दा, हम बाहर चलकर बैठे।" और वह कुंज का हाथ पकड़कर उसे घसीटता हुआ बाहर चला आया।

कुंज ठहरा सीधा आदमी, इसलिए बड़ी प्रसन्नता से इस असमय में भी वह इतना रास्ता चलकर आ गया था। आज दोपहर के समय, खा-पी चुकने के बाद, जब कुसुम ने म्लान मुख से कड़ों की वह जोड़ी हाथ में लेकर सूखे गले और मन्द स्वर से कहा, 'भैया, कल वे लोग कड़ों की यह जोड़ी भूल से यहां छोड़ गए हैं। तुम्हें एक बार वहां जाकर इन्हें लौटा आना होगा, तो आनन्दातिरेक के कारण कुंज को अपनी बहिन के म्लान मुख की ओर ध्यान देने का अवकाश ही नहीं मिला।

दाब-पेंच वह समझता नहीं। बहिन का कहना सच नहीं है, आदमी आदमी को इतनी कीमती चीज दे सकता है या देने पर दूसरा उसे ग्रहण नहीं करता और लौटा देता है, ये सब असम्भव बातें उसकी बुद्धि के परे हैं। इसीलिए बह रास्ते-भर केवल बही सोचता हुआ आया है कि अपनी खोई चीज को फिर से पाकर वे कितने प्रसन्न होंगे और मुझे कितना आशीर्वाद देंगे!

परन्तु कहां, वैसा तो कुछ हुआ नहीं, और जो कुछ हुआ वह भला हुआ अथवा बुरा, इसे भी वह ठीक तरह से समझ न सका। इतना बड़ा

काम करके भी मां के मुंह से एक भी अच्छी बात, एक भी आशीर्वाद न निकला, तो उसका मन जाने कैसा और उदास हो गया। वह लज्जित और दुःखी होकर चुप बैठ रहा, वृन्दावन उसके पास ही बैठा रहा।

अपने भले-बुरे और मान-अपमान की वृन्दावन को कोई चिन्ता नहीं। उसके लिए भला-बुरा और मान-अपमान है ही नहीं। जिस प्रकार मृत्यु की यातना अन्य सभी यातनाओं को ग्रस कर अकेली और प्रखर हो जाती है, माता के अपमानित विवर्ण मुख की स्मृति ठीक उसी प्रकार वृन्दावन की समस्त अनुभूतियों का ग्रस कर एक निबिढ़ भीषण अग्नि-शिखा बनकर जलने लगी।

सांझ का अंधेरा गहरा हो गया। कुंज ने धीरे से कहा, "अच्छा भाई वृन्दावन, अब मैं जाता हूं।"

वृन्दावन ने विह्वलों की भांति देखकर कहा, "जाओ, परन्तु और किसी दिन जरूर आना।"

कुंज चला गया। वृन्दावन वहीं औंधे मुंह लेट गया। पड़ा-पड़ा वह सोचने लगा, 'मां की सारी आशाएं, भविष्य की सारी कल्पनाएं निमिष-भर में मिट्टी में मिल गई। अब मां को कैसे शान्त करूं, पास जाकर सान्त्वना की कौन-सी बात कहूं?'

और सबसे बढ़कर निष्ठुर परिहास तो यह कि जिसने उसकी भूखी, उपवासिनी, शान्त और संन्यासिनी मां को इस प्रकार आघात पहुंचाया; वह उसीकी पत्नी है, उसी को वह प्यार करता है।

पांच

इस सम्बन्ध में तो कुसुम को लेश-मात्र भी सन्देह नहीं था कि जिस प्रकार एक ही दिन के मेल-मिलाप से उसने अपनी सास और स्वामी को पहचान लिया है, उसी प्रकार वे भी उसे पहचान गए हैं।

जो इस प्रकार पहचानना जानते हैं उनके निकट सारा दिन इस तरह बिताकर उसका हृदय एक अभूतपूर्व आनन्द से केवल भर ही नहीं उठा था, उसने अनजाने ही एक दुर्भेद्य स्नेह के बन्धन से अपने-आपको उनके साथ बांध भी लिया था। स्नेह के उसी बन्धन को आज अपने ही हाथों तोड़कर कड़ों की वह जोड़ी जब उसने लौटाने को दे दी और निरीह कुंजनाथ अत्यन्त उल्लासपूर्वक उसे लेकर चल भी दिया, तो क्षण-भर के लिए वह घायल वेदना कुसुम के लिए असह्य हो उठी। वह कोठरी में पड़ गई और रोने लगी। उसे आंखों के आगे स्पष्ट दिखाई देने लगा कि उसका यह निष्ठुर आचरण उनके लिए कितना अप्रत्याशित, आकस्मिक और भयंकर रूप से मर्मान्तक हो उठेगा और किस प्रकार उनके विचारों में परिवर्तन हो जाएगा।

शाम कभी से बीत गई और रात घिर आई। कुंज ने घर लौट आकर चारों ओर अंधेरा देखा तो बहिन की कोठरी के सामने खड़े होकर पूछा, "क्यों री कुसुम, दीया नहीं जलाया?"

कुमुम उस समय भी चुपचाप जमीन पर बैठी हुई थी। व्यस्त और लज्जित होकर उठ खड़ी हुई और बोली, "अभी जलाए देती हूं, भैया, तुम कब आए?"

“बस, अभी चला ही आ रहा हूं।” कहकर कुंज ने हुक्के और चिलम को टटोलकर खोजा और तम्बाकू भरने में प्रवृत्त हो गया।

दीये का साज-सामान, तेल-बाती आदि तैयार नहीं था, इसलिए सब चीजों को जुटाकर दीया जलाने में उसे देर हो गई। लौटकर देखा तो कुंजनाथ हुक्का भरकर चला गया था।

रोज की भांति आज भी अपने भैया की थाली में भात परोसकर कुसुम सामने बैठ गई। कुंज चुपचाप भात खाने लगा। उसका चेहरा गम्भीर था और वह कुछ बोल नहीं रहा था। जो बातों का इतना रसिया हो कि हाथ का कौर मुंह तक ले जाना भी भूल जाए, उसे इस प्रकार मौन देखकर कुसुम का हृदय आशंका से परिपूर्ण हो उठा।

भोजन समाप्त कर जब कुंज जाने लगा तो कुसुम अपने को अधिक रोक न सकी। कोमल स्वर में पूछ ही बैठी, “भैया, वे कड़े तुम किसके हाथ में दे आए?”

कुंज ने विस्मित होकर कहा, “और किसके हाथ में देता, मां के ही हाथ में दिए हैं।”

“क्या कहा उन्होंने?”

“कुछ नहीं।” और यह कहकर कुंज बाहर चला गया।

दूसरे दिन फेरी पर जाते समय स्वयं ही कुसुम को निकट बुलाकर कुंज ने कहा, “तुम्हारी सास का व्यवहार तो कुछ समझ नहीं आया कुसुम। न जाने उन्हें क्या हो गया! इतनी कीमती चीज हाथ में दे आया, पर वे एक शब्द भी न बोलीं। हां वृन्दावन की जरूर तारीफ करनी पड़ेगी। उसने खुश होकर कम से कम इतना तो कहा, ‘सामर्थ्य कहां है मां किसी ऐरे-गैरे की कि वह तुम्हारे कड़े अपने हाथों में पहन सके! हमारा बड़ा सौभाग्य है मां कि भगवान ने हमारी चीज हमें लौटाकर सावधान कर दिया। यह सब क्या है री कुसुम?”

सुनते ही कुसुम का गोरा चेहरा सहसा पीला पड़ गया। उसने जोर से सिर हिलाकर कहा, “नहीं कुछ नहीं।” और फिर पूछा, “क्या यह कहा?”

“हां, यही कहा, और वृन्दावन ने ही कहा। मां तो कुछ भी नहीं

बोलीं। वे तो सवेरे से न जाने कहां गई थीं, उसी समय लौटकर आई थीं और अभी उनका खाना-पीना भी नहीं हुआ था। इस तरह मेरी ओर देखती रहीं कि मैंने क्या दिया और क्या कहा, यह मानो उनकी समझ में ही नहीं आ पा रहा हो।' इतना कहकर कुंज थोड़ी देर विचारमग्न खड़ा रहा, फिर दो बार सिर हिला, डलिया माथे पर ले, फेरी पर निकल गया।

इस बात को तीन-चार दिन बीत गए। खाना ठीक से नहीं बनता, इस बात पर कुंज परसों और कल मुंह फुलाए रहा। आज उससे जब्त न हुआ, साफ-साफ कह दिया तो भाई-बहिन में तुमुल युद्ध छिड़ गया।

कुंज थाली खिसकाकर उठ खड़ा हुआ और बोला, "कभी जल जाता है, कभी लग जाता है, कभी खराब हो जाता है। तेरा दिमाग आजकल रहता कहां है?"

कुसुम ने भी अत्यधिक कुपित होकर कहा, "मैं किसी की नौकरानी तो हूं नहीं। नहीं बनता मुझसे खाना। जो अच्छा पकाए उसीको जाकर ले आओ न!"

मारे भूख के कुंज की अंतड़ियां जल रही थीं। उसने निश्चय कर लिया कि आज वह भी किसीसे दबे और डरेगा नहीं। हाथ नचाकर बोला, "पहले तू यहां से निकल तो सही, फिर देख, लाता हूं या नहीं!" और क्रोध से धमधमाता फेरी की डलिया को सिर पर ले बह उसी समय घर से बाहर चला गया। कुसुम जी-भरकर रोने के लिए तो उसी दिन से व्याकुल थी, आज इतना बड़ा सुयोग मिला, तो वह उसे छोड़ न सकी।

भाई की परोसी हुई थाली वैसे ही पड़ी रही, सदर फाटक वैसा ही खुला रहा, वह आंचल बिछाकर रसोईघर के दरवाजे की चौखट पर सिर रखकर जो रोने लगी तो बस रोती ही चली गई।

उस समय शायद दस बजे थे। लगभग घण्टा-भर तक रोते रहने के बाद वह पस्त हो गई थी और वहीं बैठे-बैठे उसकी आंख लग गई थी।

सहसा वह चौंककर जाग पड़ी और आंखें मलकर देखा तो वृन्दावन आंगन में खड़ा 'कुंज दा, कुंज दा!' कहकर पुकार रहा था। साथ में, उसका हाथ पकड़े पांच-छ: बरस की उम्र का एक हृष्ट-पुष्ट और सुन्दर

बाधक भी था। कुसुम ने हड़बड़ाकर आंचल सिर पर खींच लिया और फुर्ती से किवाड़ों की ओट में जा खड़ी हुई। सब कुछ भूलकर किवाड़ों की दरार में से वह उस सुन्दर बालक की ओर एकटक देखने लगी।

देखते ही उसने पहचान लिया कि यह मेरे स्वामी की सन्तान है। देखते-देखते उसकी दोनों आंखों में पानी भर आया और उसे छीन लाने के लिए दोनों हाथ मानो हजार हाथ बनकर उसका वक्ष-पंजर फाड़ आगे बढ़ने लगे, लेकिन फिर भी वह न तो आवाज दे सकी, न पांव ही आगे बढ़ा सकी, पत्थर की मूर्ति की भांति वहीं खड़ी, निर्निमेष उस बालक को देखती रही। आहट न पाकर वृन्दावन कुछ विस्मित हुआ।

आज अपने किसी काम से वह इस ओर आया था। काम पूरा हो जाने पर लौटते हुए इन लोगों के घर के सामने से गुजरा तो सदर फाटक खुला देख यह सोचा कि कुंज दा घर ही होंगे, इसलिए गाड़ी से उतर अन्दर आंगन में चला आया। कुंज से उसे जरूरी काम भी था। गाड़ी को जुता हुआ देख उसका बेटा चरण पहले ही सवार हो गया था, सो वह भी साथ था।

वृन्दावन ने पुनः आवाज दी, "घर में कोई है या नहीं?"

फिर भी कोई उत्तर नहीं। चरण ने कहा, "बाबूजी, पानी पीऊंगा, जोर की प्यास लगी है।"

वृन्दावन ने कुछ नाराज होकर उसे धमकाया, "नहीं, पानी यहां नहीं मिलेगा। लौटते हुए नदी पर पीना।" वह बेचारा सूखा मुंह लिए चुप हो गया।

उस दिन कुसुम लज्जा के प्रथम आवेग को धकेलकर स्वच्छन्दतापूर्वक वृन्दावन के सामने आ खड़ी हुई थी जोर उससे आवश्यक बातचीत भी अत्यन्त साहसिकता से कर सकी थी, किन्तु आज तो मारे लज्जा के उसका सारा शरीर अवश होने लगा।

यदि चरण ने पानी न मांगा होता, तो वह किसी भी तरह वृन्दावन के सामने न निकल पाती। क्षण-भर के लिए वह असमंजस में पड़ी रही, फिर एक छोटा-सा आसन लेकर दरवाजे पर डाल दिया और चरण को गोद में उठाकर चुपचाप अन्दर चली गई।

कुसुम ने घर में लाकर पहले उसे बताशा दिया, फिर कुछ देर निर्निमेष देखते रहने के बाद सहसा बड़े प्रबल आवेग से उसे छाती पर लेकर दोनों हाथों से जोर से दबाया और झर-झर आंसू बहाने लगी।

चरण जब अपने को उस दृढ़ बाहुपाश से छुड़ाने का प्रयत्न करने लगा तो उसने आंखें पोंछकर कहा, "छुटकर कहां जाते हो बेटा, मैं तो तुम्हारी मां हूं!"

बच्चों पर कुसुम का हमेशा से प्रेम रहा है, बढ़ते-बढ़ते यह प्रेम लोभ की सीमा तक पहुंच गया है। एक बार किसी बच्चे को पा जाती तो फिर उसे जल्दी छोड़ती न थी, लेकिन आज इस बच्चे को पाकर सर्वग्राही क्षुधा की जैसी आंधी उसके मन में उठी है, वैसी पहले कभी नहीं उठी थी। उसकी छाती मानो टूक-टूक होकर गिरने लगी। यह सुन्दर, स्वस्थ, सबल बालक उसीका हो सकता था, पर क्यों नहीं हुआ? किसने उसमें बाधा पहुंचाई? सन्तान से जननी को वंचित करने का इतना बड़ा अन-धिकार संसार में किसे है? चरण को वह जितना ही अपनी छाती पर अनुभव करती थी, उसका वंचित और तृषित मातृहृदय उतना ही प्यास से बेचैन हो उठता था, उसे किसी भी प्रकार सान्त्वना मिल नहीं पा रही थी। रह-रहकर उसके मन में आता था, मेरे अपने धन को जोर-जवर-दस्ती करके दूसरे अन्यायपूर्वक छीन ले गए हैं।

लेकिन चरण के लिए ममत्व का यह प्रदर्शन असह्य हो उठा था। वह बोला, "छोड़ दो!"

कुसुम ने दोनों हाथों में उसका मुंह थामकर कहा, "पहले मां कहो, तब छोड़ूंगी।" चरण ने सिर हिलाकर कहा, नहीं।"

"तो फिर छोड़ूगी भी नहीं।" यह कहकर कुसुम ने एक बार फिर उसे छाती से चिपटा लिया, फिर खूब अच्छी तरह दबाकर बार-बार चूम कर बेचारे को हंफा मारा और बोली, "जब तक 'मां' नहीं कहोगे, मैं छोड़ने की नहीं।"

चरण ने रुआंसा होकर कहा, "मां।"

इसके बाद तो उसे छोड़ना कुसुम के लिए एकदम असम्भव ही हो गया। उसे एक बार फिर छाती से चिमटाकर वह पुनः रोने लगी।

देर हो रही थी। बाहर से वृन्दावन ने पुकारा, "क्यों रे चरण, तूने' पानी पी लिया?"

चरण ने रोकर कहा, "छोड़ जो नहीं रही हैं।"

कुसुम ने आंखें पोंछकर अवरुद्ध कण्ठ से कहा, "आज चरण मेरे पास रहेगा।"

वृन्दावन ने द्वार के समीप आकर कहा, "लेकिन वह रह कैसे सकेगा! और फिर अभी तक उसने भोजन भी नहीं किया है। मां बहुत घबराएंगी।"

कुसुम ने उसी प्रकार उत्तर दिया, "नहीं, वह यहीं रहेगा। आज मेरा जी बहुत खराब हो रहा है।"

"जी खराब क्यों है? क्या हुआ?"

कुसुम ने इस बात का कोई उत्तर नहीं दिया। थोड़ी देर चुप रहने के बाद वह बोली, "गाड़ी को लौटा दो। देर बहुत हो गई है। मैं चरण को नदी पर स्नान करा लाती हूं।"

थोड़ी देर पानी में हाथ-पांव मारने और उछलने-कूदने के बाद स्नान समाप्त कर, कुसुम की गोद में चड़कर जब चरण लौटा, तो मां और बेटे में एक विलक्षण सद्भाव उत्पन्न हो गया था।

बच्चे को गोद में लिए कुसम सामने आई। चेहरा उसका पूरा का पूरा अनावृत था। सिर का पल्ला केवल ललाट को छू रहा था। जाते समय जी खराब होने की बात कह गई थी, लेकिन इस समय उसके चेहरे पर दुःख और कष्ट की छाया भी नहीं थी। अभी-अभी खिले गुलाब के फूल के समान उसके होंठ दबी मुस्कान से खिले पड़ रहे थे। उसके आचरण में न थी कुंठा और न था संकोच। बहुत ही सहज भाव से उसने कहा, "अब आप जाइए और स्नान कर आइए।"

"उसके बाद?"

"भोजन होगा।"

"उसके बाद?"

"भोजन करके थोड़ी देर आराम करना।"

"उसके बाद?"

"जाओ, मैं नहीं जानती। यह गमछा लो और देखो, देर मत" करना।" यह कहकर हंसते हुए उसने गमछा स्वामी के कन्धे पर फेंक दिया।

वृन्दावन ने गमछा हाथ से पकड़ लिया और मुंह फेरकर एक लम्बी सांस लेकर बोला, "बल्कि तुम्ही देर मत करो। चरण को जल्दी से कुछ खिला-पिला दो। मुझे लौटकर घर जाना ही होगा।"

"क्यों, जाना क्यों होगा? गाड़ी के लौटने पर मां आप ही समझ जाएंगी।"

"इसीलिए तो गाड़ी को लौटाया नहीं है। वह आगे एक पेड़ के तले खड़ी हैं।"

सुनते ही कुसुम का हंसी से दमकता हुआ चेहरा मलिन हो गया। सूखा मुंह लिए कुछ देर खड़ी रही, फिर मुंह उठाकर बोली, "यदि ऐसी बात है तो मुझे कहना होगा कि मां की अनुमति के बिना तुम्हारा यहां आना ही उचित नहीं हुआ।"

उसके स्वर में छिपे गूढ़ अभिमान को लक्ष्य कर वृन्दावन को हंसी आ गई, लेकिन उस हंसी में आनन्द नहीं था। उसने सहज भाव से कहा, "मेरा पालन-पोषन इस तरह हुआ है कुसुम, और संस्कार भी ऐसे बने है कि मां की अनुमति के बिना इस घर में तो क्या, इस गांव में भी पांव नहीं रख सकता। खैर, जाने दो इस बात को। जो हो गया है, उसे फिर से उठाने में किसी भी पक्ष का कोई लाभ नहीं, न तुम्हें कुछ मिलना है और न मुझीको। जाओ, और देर मत करो। लड़के को खिला-पिला दो।" यह कहकर वृन्दावन पुनः आसन पर जा बैठा।

कुसुम उमड़ते हुए आंसुओं को किसी तरह दबाकर मौन, मुंह नीचा किए चरण को लेकर घर में चली गई।

घण्टे-भर बाद जब पिता-पुत्र गाड़ी में बैठकर घर की ओर लौट चले, तो रास्ते में चरण ने पूछा, "पिताजी, मां इतना रोती क्यों थी?" वृन्दाबन ने चकित होकर पूछा, "क्यों रे, वह तेरी मां है, यह तुमसे किसने कह दिया?"

चरण ने जोर देकर कहा, "हां, मेरी मां तो है ही, क्या नहीं है?'

वृन्दावन ने इस बात का कोई उत्तर न देकर पूछा, "तू रह सकता है अपनी मां के पास?"

चरण ने प्रसन्नतापूर्वक सिर हिलाते हुए कहा, "हां पिताजी, रह सकता हूं।"

"अच्छा!" कहकर वृन्दावन मुंह फेरकर गाड़ी में एक ओर लेट गया और गर्मी से तप रहे स्वच्छ नीले आकाश को देखने लगा।

दूसरे दिन तीसरे पहर के समय कुसुम नदी से पानी लाने के लिए जाने के पूर्व अपने सदर दरवाजे की कुंडी लगा रही थी, इतने में बारह-तेरह वर्ष का एक किशोर इधर-उधर देखता हुआ समीप आकर बोला, "क्या तुम मुझे कुंज वैरागी का मकान दिखला सकती हो?"

"हा, दिखा सकती हूं। तुम कहां से आए हो?"

"बाड़ल गांव से। पड़ित जी ने चिट्ठी दी है।" यह कहकर मैले-कुचैले दुपट्टे के अन्दर से चिट्ठी निकालकर उस किशोर ने दिखाई।

कुसुम की शिराओं में रक्त का प्रवाह प्रबल हो उठा। देखा तो ऊपर स्वयं उसी का नाम लिखा था। खोलकर देखा तो बहुत-सी बातें लिखी थीं और सो भी स्वयं वृन्दावन के हाथ से।

क्या लिखा है, यह जानने के उन्मत्त आग्रह को प्राणपण से दबाकर उसने उस किशोर को अन्दर बुलाकर पूछा, "तुम पंडित जी किसे कहते हो? तुम्हें पत्र किसने दिया?"

किशोर ने चकित होकर कहा, "पंडित जी ने ही दिया है!"

कुसुम को वृन्दावन की पाठशाला के बारे में कुछ भी मालूम नहीं था। वह कुछ समझ नहीं सकी, इसलिए उसने पूछा, 'तुम चरण के पिताजी को जानते हो?"

"जानता क्यों नहीं हूं! वही तो पंडित जी हैं।"

"तुम उनसे पढ़ते हो?"

"मैं पढ़ता हूं और पाठशाला में और भी कई विद्यार्थी हैं।"

कुसुम और भी उत्सुक हो उठी और उसने कई प्रश्न पूछकर इस सम्बन्ध की समस्त जानकारी प्राप्त कर ली। पाठशाला घर में ही है, लड़कों को फीस नहीं देनी पड़ती, पंडित जी स्वयं ही स्लेट, पैंसिल आदि

का प्रबन्ध कर देते हैं, जिन गरीब विद्यार्थियों को दिन में समय नहीं मिलता, वे शाम के समय पढ़ने आते और ठाकुर जी की आरती होने पर प्रसाद लेकर कलरव करते हुए घर लौट जाते हैं। दो बड़े विद्यार्थी पाठशाला में अंग्रेजी भी पढ़ते हैं। ये और इस तरह की समस्त बातें कुसुम ने जान लीं और उस बालक को खीलें तथा बताशे देकर विदा किया और तब चिट्ठी खोलकर पढ़ने बैठी।

एक जोर का धक्का देकर कुसुम के सुख-स्वप्न को जैसे किसी ने भंग कर दिया। पत्र उसी को लिखा गया था, लेकिन कोई सम्बोधन नहीं स्नेह की कोई बात नहीं, यहां तक कि आशीर्वाद भी नहीं। पत्र में आदि से अन्त तक केवल काम की बातें लिखी हैं कुंजनाथ के विवाह की बात, उसी को बताने के लिए तो वे कल आए थे। लिखा है कि मां सम्बन्ध पक्का कर आई हैं और विवाह का सारा खर्च वे ही उठाएंगी। सभी दृष्टियों से यह विवाह उचित है और हो ही जाना चाहिए। इससे कुंजनाथ के और स्वयं कुसुम के भी सांसारिक दुःख-कष्ट दूर हो जाएंगे। वृन्दावन ने यह संकेत प्रायः स्पष्ट रूप से अपने पत्र में कर दिया था।

एक बार पूरा पढ़कर उसने पत्र को पुनः पढ़ने की चेष्टा की, लेकिन दुबारा उससे पढ़ा न गया। सब अक्षर उसकी आंखों के सामने जैसे नाचने से लगे। उसने चिट्ठी बन्द कर दी और किसी तरह कोठरी में आकर पड़ गई। अपने इतने बड़े सौभाग्य की संभावना भी उसके मन में आनन्द, का बिन्दु-मात्र आभास तक उत्पन्न न कर सकी।

छ:

कुंजनाथ का विवाह हुए कोई महीना-भर हो चुका है। वृन्दावन उस दिन के बाद फिर नहीं आया। विवाह के दिन भी यह कह कर कि मुझे बुखार है, वह अनुपस्थित रहा। मां चरण को लेकर केवल उसी दिन के लिए आई थीं, क्योंकि गृहदेवता को सूना छोड़कर वे कहीं दूसरी जगह रह जो नहीं सकतीं। केवल चरण और भी पांच-छ: दिन वहां रहा। अपने मन के जैसी नई मां पाकर या नदी में स्नान करने के लोभ से, कारण जो भी रहा हो, उसने लौटकर घर जाना नहीं चाहा। बाद में उसे वहां से जबर्दस्ती ही ले जाना पड़ा। तभी से कुसुम का जीवन दूभर हो गया है।

इस विवाह से पहले कुसुम ने विवाह के सम्बन्ध में जो-जो आशंकाएं की थीं वे सबकी सब अक्षरशः पूरी होने का उपक्रम दिखाई पड़ता था। वह अपने भाई को बहुत अच्छी तरह जानती थी और उसे पता था कि अपनी सास की सलाह को शिरोधार्य कर भैया दुःख-कष्टों से भरी इस गृहस्थी को छोड़कर घर-जमाई बन ससुराल में जा बैठने के लिए व्यग्र हो उठेंगे। ठीक वैसा ही हुआ है। जिस माथे पर सेहरा बांधकर कुंज विवाह करने के लिए गया, उसी माथे पर अब वह फेरी की डलिया रखना नहीं चाहता। नलडांगा के लोग सुनेंगे तो क्या कहेंगे? विवाह के समय वृन्दावन की मां ने चतुराई करके जो कुछ नकद रुपया दिया था, उन्हीं से थोड़ा-बहुत माल खरीदकर बाहर रास्ते के किनारे एक छप्पर डालकर उसने मनिहारी की दुकान खोल दी है। बिक्री तो एक पैसे की नहीं है

और ऊपर से इस एक महीने के बीच नये कपड़े और नये जूते पहनकर वह तीन-चार बार अपनी ससुराल हो आया है। पहले कुसुम से वह बहुत डरता था, अब बिलकुल नहीं डरता, न उसकी कोई चिन्ता ही करता है। जब कहा जाता है कि घर में दाल-भात कुछ नहीं है, तो बिना बोले - बतलाए दुकान पर जा बैठता है या कहीं खिसक जाता है और फिर पूरा दिन लौटने का नाम नहीं लेता। कुसुम को चारों ओर अन्धकार दिखाई देने लगा है और वह घबराने लगी है। हाथ में जो जमा-जथा थी वह खर्च हो गई और अब हाथ बिलकुल खाली है, लेकिन कुंज की आखें फिर भी नहीं खुलीं। नई दुकान पर बैठकर दिन-भर हुक्का गुड़गुड़ाता और झपकियां लेता रहता है। जब दो-चार लोग आ जुटते हैं, तो उन्हें अपनी ससुराल की बातें सुनाता और वहां की जमीन-जायदाद की सूची बनाता हुआ डींगें हांकता है।

उस दिन सवेरे उठकर कुंज अपने नये वार्निश किए जूतों में तेल लगाकर चमक रहा था। कुसुम रसोईघर में से बाहर आकर थोड़ी देर खड़ी रही, फिर उसने पूछा, "मालूम पड़ता है, आज फिर नलडांगा जाओगे?"

"हूं।" कहकर कुंज अपना काम करता रहा।

थोड़ी देर बाद कुसुम ने कोमल स्वर में कहा, "वहां अभी उस दिन तो गए ही थे, भैया, आज मेरे चरण को देख आओ। बहुत दिनों से लड़के को देखा नहीं है, उसकी कोई खबर भी नहीं मिली, मेरा जी घबराने लगा है।"

कुंज ने चिढ़कर कहा, "तुम्हारे मन का क्या, वह तो सभी बातों में घबराने लगता है। वह अच्छी तरह है।"

कुसुम को गुस्सा आ गया, लेकिन उसने अपने को संयमित करके कहा "वह अच्छा ही रहे, लेकिन फिर भी तुम एक बार जाकर उसे देख आओ। ससुराल कल चले जाना।"

कुंज गरम होकर बोला, "कल जाने से कैसे चलेगा? वहां पुरुष तो एक भी नहीं है। घर-द्वार, जमीन-जायदाद सबका भार मेरे ही सिर तो है। पता नहीं क्या हो, क्या न हो! मैं अकेला आदमी कहां-कहां देखूं और

क्या-क्या संभालूं, तू ही बता।"

"तुम सब संभाल लोगे भैया। तुम्हारे पांवों पड़ती हूं। एक बार जाकर मेरे चरण को देख आओ। आज सचमुच न जाने क्यों उसके लिए मेरा जी बहुत घबरा रहा है।"

कुंज ने हाथ के जूतों को परे ठेलकर बड़े ही रूखे स्वर में कहा, "वहां जा नहीं सकूँगा। वृन्दावन मेरे विवाह में आया क्यों नहीं? क्या वह इतना बड़ा आदमी हो गया कि हमारे यहां आ भी नहीं सकता?"

कुसुम के लिए यह सब उत्तरोत्तर असह्य होते जा रहे थे, फिर भी उसने शांतिपूर्वक कहा, "उस दिन उन्हें बुखार आ गया था।"

"नहीं, गलत बात है। नलडांगा में जब मेरी सास ने यह खबर सुनी, तो उन्होंने कहा था, 'झूठ है, फरेब और चालबाजी है। मेरी सास को छकाना और धोखा देना आसान नहीं है, कुसुम, वे घर बैठे सारी दुनिया की खबर पा जाती हैं। नमकहराम और किसे कहते हैं, तू ही बता। ऐसे ही आदमियों को तो कहेंगे न! मैं तो उसका मुंह भी नहीं देखना चाहता।" बड़ी गम्भीरता से अपनी यह राय व्यक्त करके कुंज उठा और पांव में जूता पहनने लगा।

कुसुम वज्राहत की भांति कुछ समय स्तब्ध खड़ी रही, फिर धीरे - धीरे बोली, "वे नमकहराम हैं! तुमने उन्हें उस दिन खूब नमक खिलाया था, जब निमंत्रण देकर बुला लाए थे और आप मारे भय के भाग खड़े हुए थे। भैया, तुम ऐसे हो जाओगे, यह बात तो मैंने सपने में भी नहीं सोची थी।"

कुंज के पास इस अभियोग का कोई उत्तर नहीं था। इसलिए उसने ऐसा प्रदर्शित किया, मानो सुना ही न हो और चुप खड़ा रहा।

कुसुम ने पुनः कहा, "जिसे तुम अपना घर-द्वार और जमीन-जायदाद कहते हो, वह किसके बल पर? किसने तुम्हारा विवाह कराया?"

कुंज ने उलटकर जवाब दिया, "कौन किसका विवाह करवा देता है! मां कहती हैं कि फूल के खिलने को कोई रोक नहीं सकता। ब्याह-शादी अपने-आप होते हैं, किसी के कराने से नहीं हुआ करते।"

"अपने-आप होते हैं?"

"होते ही हैं।"

इसके बाद कुसुम कुछ नहीं बोलीं। धीरे-धीरे वहां से चली गई। घृणा और लज्जा के मारे उसकी छाती फटने लगी। छि:-छिः! यदि वे इन बातों को सुन पाएं? सुनकर यही न सोचेंगे कि दोनों भाई-बहिन एक ही सांचे के ढले हैं!

थोड़ी देर बाद नये जूतों की चर्र-मर्र सुनकर कुसुम बाहर निकल आई और उसने पूछा, "कब लौटोगे?"

"कल सवेरे!"

"मुझे घर में अकेला छोड़कर जाते तुम्हें डर नहीं लगता, शर्म नहीं आती?"

"क्यों, क्या यहां कोई बाघ-भालू है, जो तुझे खा जाएगा? मैं सवेरे ही तो लौट आऊंगा।" यह कहकर कुंज ससुराल चल दिया।

कुसुम ने लौटकर जलते हुए चूल्हे में पानी डाल दिया और जाकर बिछौने पर पड़ रही।

सात

अनुतप्त दुराचारी निरुपाय होकर जिस प्रकार अपने अपराधों को स्वीकार कर लेता है, ठीक उसी प्रकार से चेहरा बनाकर वृन्दावन ने मां के पास जाकर कहा, "मां, मुझे क्षमा कर दो और आज्ञा दो कि मैं कहीं से तुम्हारे लिए एक दासी खोज लाऊं? मैं तुम्हें इस प्रकार गृहस्थी का बोझ ढोते हुए मरने नहीं दूंगा।"

मां ठाकुरद्वारे में देवता की पूजा का सामान तैयार कर रही थीं। बात उनकी समझ में नहीं आई इसीलिए मुंह उठाकर बोलीं, "क्या करेगा?"

"तुम्हारे लिए दासी लाऊंगा। वह चरण की देखभाल करेगी, तुम्हारी सेवा करेगी, आवश्यक होने पर इस ठाकुरद्वारे का काम-काज और सेवा-पूजा भी कर देगी। आज्ञा दोगी मां?" प्रश्न पूछकर वृन्दावन उत्सुक-व्यथित दृष्टि से मुंह की ओर देखने लगा।

"अच्छा, तो जरा सोच लेने दे।" कहकर मां अपने काम में लग गईं।

वृन्दावन मां के सामने आकर बैठ गया और बोला, "नहीं, मां, यह नहीं होगा। मैं तुम्हें सोचने का समय नहीं दूंगा। जैसे भी होगा, तुम्हारा हुक्म लेकर ही इस घर से बाहर निकलूंगा, यह निश्चय करके ही मैं आया हूं।"

"सोचने-समझने के लिए समय क्यों नहीं देगा रे?"

"उसका कारण है, मां, सोच-विचारकर तुम जो कहोगी वह केवल

तुम्हारी अपनी बात होगी, मेरी मां का हुक्म नहीं होगा। मुझे अच्छी-बुरी सलाह नहीं चाहिए, केवल अनुमति चाहिए।"

मां मुंह उठाकर थोड़ी देर बेटे की ओर देखती रही, फिर बोलीं; "लेकिन एक दिन जब अनुमति दी थी, तुझे समझाया-बुझाया था, तब तो तूने मेरी बात सुनी नहीं।"

"सो जानता हूं। वही पाप तो आज फलीभूत हुआ और मेरे लिए चारों ओर घिर गया है।" कहकर वृन्दावन ने सिर झुका लिया।

यह प्रस्ताव केवल मुझे सुखी करने के लिए ही किया है और इसे कार्यरूप में परिणित करते हुए बेटे के हृदय को कितना आघात लगेगा; यह सोचकर मां के नेत्रों में जल भर आया। उन्होंने संक्षेप में केवल इतना ही कहा, "अभी रहने दे वृन्दावन, दो दिन बाद इस सम्बन्ध में कहूंगी।"

वृन्दावन ने जिद करके कहा, "जिस बात को इस समय कहने में तुम इतनी असमंजस में हो, वह दो दिन बाद भी रहेगी, मां। जिसने तुम्हारा अपमान किया, उसे तुम चाहे क्षमा कर दो, मैं नहीं करूंगा। कर पाऊंगा भी नहीं। अब सहा नहीं जाता, मां। तुम मुझे अनुमति दो, जिससे स्वस्थ होकर जीवित रह सकूं।"

मां ने फिर मुंह उठाकर बेटे की ओर देखा। थोड़ी देर देखते रहने के बाद एक लम्बी सांस लेकर कहा, "अच्छा, आज्ञा देती हूं।"

मां की उस लम्बी सांस का अभिप्राय वृन्दावन समझ गया, लेकिन उसने फिर कुछ नहीं कहा। चुपचाप मां के पांवों पर सिर झुका, उनकी चरण-धूल मस्तक से लगा बाहर चला आया।

जैसे ही बाहर आकर खड़ा हुआ, पाठशाला के एक विद्यार्थी ने यह कहते हुए उसके हाथ में एक पत्र थमा दिया, "पण्डित जी, आपका पत्र है।''

माँ ने भीतर से पूछा, "किसकी चिट्‌ठी है रे?"

"पता नहीं, मां, देखता हूं।' कहकर वृन्दावन अन्यमनस्क होकर अपने कमरे में चला गया। पत्र खोलकर देखा, तो स्पष्ट ही नारी के हाथ की साफ-सुथरी और सुन्दर लिखावट थी। कहीं काट-कूट नहीं, स्व-दीर्घ और अक्षर-मात्रा की कोई भूल नहीं। ऊपर सम्बोधन की

जगह लिखा था, 'श्रीचरण कमलेषु', पर नीचे किसी के हस्ताक्षर नहीं थे। कुसुम की लिखावट पहले कभी देखी नहीं थी, फिर भी देखते ही समझ में आ गया कि यह उसी का लिखा पत्र है।

उसने लिखा था—

अब आप मेरे भैया को देखें तो शायद पहचान ही न सकें। इसका कारण किसी गैर को तो बताया नहीं जा सकता, यहां तक कि आपसे कहने में भी मेरा सिर लज्जा से झुका जा रहा है। वे आज फिर अपनी ससुराल गए हैं। शायद कल सवेरे लौटेंगे। हो सकता है कि न भी लौटें, क्योंकि जाते समय वे कह गए हैं कि यहां बाघ-भालू नहीं हैं, जो आकर मुझे खा जाएंगे। इस तरह की कोई आशंका उन्हें नहीं है। आप में यदि इतना साहस न हो, तो मेरे चरण को ही मुझे दे जाइए!

सवेरे भाई से रुष्ट होकर कुसुम ने जलते चूल्हे में जो पानी डाला, सो डाल दिया, फिर उसे जलाया नहीं। दिन-भर भूखी पड़ी रही। भय और चिता के मारे वह दिन में हजार बार बाहर-भीतर करती रही, घड़ी में अंदर जाती और घड़ी में बाहर निकल आती। जब संध्या हो गई और किसी के आने की आशा न रही और इस विचार मात्र से कि इस निर्जन-स्तब्ध घर में सारी रात अकेले रहना होगा, उसके बदन पर बार-बार कांटे उठने लगे, तब बाहर से चरण के मीठे-तीखे बालकण्ठ से 'मां - मां!' की पुकार सुनकर उसके मन को इस तरह सहारा मिला, जिस प्रकार पानी में डूबते हुए को सहसा जमीन मिल जाए और वह खड़ा हो जाता है।

वह बाहर दौड़ी आई और उसने चरण को अपनी गोदी में उठा लिया, फिर उसके मुंह पर अपना मुंह रखकर वह जी-भरकर इसी बात का अनुभव करने लगी कि मैं अकेली नहीं हूं।

चरण नौकर के साथ आया था। रात में भोजन आदि के बाद उस नौकर के सोने की व्यवस्था कुंज की नई दुकान में कर दी गई। बिस्तर पर लेटकर बेटे को छाती के निकट खींच कुसुम ने उससे अनेक बातें पूछीं।

अन्त में उसने चुपके से पूछा, "क्यों रे चरण, तेरे पिताजी क्या करते हैं?"

चरण हड़बड़ाकर उठ बैठा और जहां उसका कोट टंगा था, वहां जाकर उसकी जेब में से एक छोटी-सी पोटली निकाल लाया और तब उसे कुसुम के हाथ पर रखता हुआ बोला, "मां, मैं तो भूल ही गया था, पिताजी ने इसे तुम्हारे लिए दिया है।"

कुसुम ने पोटली को हाथ में लेकर देखा, उसमें रुपये थे।

चरण ने कहा, "इसे देकर पिताजी चले गए।"

कुसुम ने बेचैन होकर पूछा, "कहां चले गए?"

चरण ने हाथ उठाकर बतलाया, "वहां से, उस जगह से।"

"क्या नदी के इस पार तक आए थे?"

चरण ने सिर हिलाकर कहा, "हां, आए तो थे।"

फिर कुसुम ने कुछ नहीं पूछा। दारुण अभिमान से स्तब्ध वह पड़ी रही। उस दिन दोपहर को उन्होंने जल की एक बूंद भी ग्रहण नहीं की और चरण को लेकर चले गए, उसने भी मारे क्रोध के दुबारा अनुरोध नहीं किया, उलटे दो-कार कड़ी बातें ऊपर से और सुना दी। उसके बाद वे फिर कभी इधर दिखाई नहीं दिए। पहले इस ओर उनके कितने काम हुआ करते थे, कितनी बार आते-जाते रहते थे। अब मानो इस ओर उनके इधर के सब काम समाप्त हो गए हों, उनके इधर आने का कोई प्रयोजन नहीं रह गया हो, परन्तु अंतर्यामी जानते हैं कि वह सारा-सारा दिन कितनी प्रतीक्षा करती रही है! सवेरे से शाम तक रास्ते की ओर आंखें लगाए रही है, रास्ते पर किसी बैलगाड़ी की आहट पाकर उसकी शिराएं झनझना उठी हैं, नसों में रक्त का प्रवाह तेज हो उठा है और वह ओट में खड़ी प्रतीक्षा से भरी एकटक देखती रही है। भैया के विवाह की रात नहीं आए और आज आए भी, तो बाहर से ही चुपचाप लौट गए!

उसे उस दिन की बात याद हो आई। कड़ लौटाने के बाद आकर भैया ने कहा था, 'वे कह रहे थे कि भगवान ने उसकी चीज उन्हें वापस लोटा दी।' हां, भैया उन्हीं के मुंह से यह बात सुन आए थे।

अब यदि सचमुच यही उनके मन का भाव हो गया हो, तो!··· अपनी ओर से आघात पहुंचाने में तो उसने कोई कसर बाकी नहीं छोड़ी। बार-बार विरोध किया है मां तक का अपमान कर डाला। थोड़ी देर के लिए भी इस बात का कोई कारण उसकी समझ में नहीं आता कि उस दिन इतनी बड़ी दुर्मति उसके मन में कहां से और कैसे उत्पन्न हो गई! जिस समबन्ध को वह इतने दिनों से प्राणपण से अस्वीकार करती आई है, आज उसीके विरुद्ध उनके मन और प्राण विद्रोह कर उठे हैं। वह अत्यधिक रोष से भर कर अपने से तर्क करने लगी, क्या यह मेरे हाथों का गढ़ा हुआ सम्बन्ध है, जो मेरे 'ना-ना' करने से उड़ जाएगा, समाप्त हो जाएगा? यदि सचमुच वे मेरे स्वामी नहीं हैं, तो मेरे हृदय की समस्त भक्ति और अन्तर की समस्त कामना क्यों उन्हीं पर इस प्रकार एकाग्र हो उठी है? केवल उस एक दिन की दो ओछी से भी ओछी सांसारिक बातों और जरा-सी सेवा-टहल से उनके लिए मन में इतना प्यार कहां से आ गया? वह बार-बार जोर देकर अपने-आपसे कहने लगी, नहीं झूठ है, बिलकुल झूठ है। मेरे बदनामी की बात कभी सच नहीं हो सकती; मैं कैसी भी सौगंध खाकर कह सकती हूं कि वह बात कदापि सच नहीं। मां ने केवल अपमान की आंच में जलकर ही आत्महत्या की है और मेरे माये कलंक का यह अमिट टीका लगा गई है।

थोड़ी देर चुप पड़े रहने के बाद उसने फिर मन ही मन कहा, मां तो मर गई, क्या सच है और क्या झूठ, इसका निपटारा होने का अब कोई भी उपाय नहीं रह गया, लेकिन मैं कुछ भी क्यों न कहूं वे स्वयं तो जानते हैं कि मैं उनकी पत्नी हूं और वे मेरे पति हैं, तो फिर क्यों वे मेरी अनुचित स्पर्धा को सहे जाते हैं? क्यों जोर करके आते नहीं? क्यों मेरे सारे अभिमान को पांवों तले कुचलकर जहां उनका जी चाहे घसीटकर मुझको ले नहीं जाते? अस्वीकार करने या प्रतिवाद करनेवाली मैं कौन होती हूं? कोई भी तो नहीं। मेरी उस अस्वीकृति को मान लेने का अधिकार उन्हें भी तो नहीं है।

हठात् उसका सारा शरीर कांप उठा, जिसके कारण छाती से लिपटकर सोए हुए चरण की नींद टूट गई और उसने चौंककर पूछा;

"क्या है मां?"

कुसुम ने उसे छाती से चिपटा लिया और चुपके से पूछा, "क्यों रे चरण, बतला तो, तू किसे अधिक प्यार करता है, अपने बाबूजी को या मुझे?"

चरण ने तुरन्त उत्तर दिया, "तुम्हें।"

"बड़ा होने पर अपनी मां को खाने को देगा, चरण?"

"हां, दूंगा।"

"तेरे पिताजी जब मुझे निकाल देंगे, तो तू अपनी मां को सहारा देगा न?"

"हां, दूंगा।"

कुसुम के नेत्रों से आंसुओं की बड़ी-बड़ी बूंदें गिरने लगीं। जब चरण को नींद आ गई, तो उसने आंखें पोंछकर उनकी ओर देखते हुए मन-ही-मन कहा, डर किस बात का? मेरा लड़का तो है। कोई और मुझे चाहे आश्रय न दे, यह तो देगा ही।"

दूसरे दिन सूर्योदय के कुछ ही देर बाद माता-पुत्र नदी से स्नान करके लौटे, तो क्या देखते हैं कि एक प्रौढ़ा आंगन में खड़ी तरह-तरह के प्रश्न कर रही है और कुंजनाथ विनयपूर्वक यथोचित उत्तर दे रहा है। वह कुंजनाथ की सास थी। केवल कुतूहल से प्रेरित होकर ही वह जामाता का घर-द्वार देखने नहीं आई थी, बल्कि स्वयं अपनी आंखों देख-भालकर यह निश्चय करने आई थी कि किसी दिन अपने एकमात्र कन्यारत्न को यहां भेजना निरापद है अथवा नहीं।

सहसा कुसुम को आते देख वह अवाक् होकर उसके मुंह की ओर देखती ही रह गई। उसके भीमे परिधान में योवनश्री समा नहीं रही थी। तपे हुए सोने की सी देह-कान्ति गीले कपड़ों में से फूटी पड़ती थी। गीले गीले बाल सारी पीठ को आच्छादित कर घुटनों का स्पर्श कर रहे थे। बाई ओर कमर पर पानी से भरा घड़ा था, जिसे वह बायें हाथ से थामे हुए थी और दाहिने हाथ में चरण का बायां हाथ लिए थी। चरण के हाथ में भी पानी से भरी एक छोटी-सी लुटिया थी। जब कुंजनाथ भी आंखें फाड़े देखता रह गया, तो कुसुम लज्जित हो उठी। उसने वहां से जाने के

लिए और भी जल्दी से पांव उठाए, तभी कुंजनाथ की सास ने पूछा, "शायद कुसुम यही है?"

कुंज ने प्रसन्न होकर कहा, "हां मां, यही है मेरी बहिन कुसुम।"

सारा आंगन गोबर से लिपा-पुता था। कुसुम ने घड़ा वहीं रखकर प्रणाम किया। मां की देखा-दाखी चरण ने भी प्रणाम किया।

कुंज की सास ने कहा, "ऐसा लगता है कि इस लड़के को मैंने कहीं, देखा है।"

लड़के ने तपाक् से अपना परिचय देते हुए कहा, "मैं चरण हूं। दादीजी के साथ मामाजी के लिए लड़की देखने को तम्हारे घर गया था।"

कुसुम ने स्नेहपूर्वक हंसकर उसे अपने पास खींचते हुए कहा, "छि: बेटा! ऐसे नहीं बोला जाता। कहना चाहिए कि मामीजी को देखने गया था।"

कुंज की सास ने कहा, "शायद बिन्दा वैष्णव का लड़का है! इस वित्ते बराबर के छोकरे की बातें तो सुनो!"

अत्यधिक विस्मय के कारण कसम का हंसना पल-भर में काला पड़ गया। उसने एक बार अपने भाई के चेहरे की ओर देखा, एक बार इस घोर अनपढ़, कड़वा बोलने वाली स्त्री की ओर देखा और उसके बाद घड़ा उठाकर लड़के का हाथ थामे रसोईघर में चली गई।

अकस्मात् यह क्या हो गया?

कुंज भोला अवश्य था, परन्तु सास की ऐसी भद्दी बात उसे भी चुभ गई, वह बहुत बेचैन हो उठा।

रसोईघर से कुसुम ने गोकुल की विधवा को और भी ज्यादा अच्छी तरह देखा। उम्र अभी पूरे चालीस वर्ष की नहीं हुई थी। धोती तो बिलकुल सादी, बिना किनारी की थी पर गले में सोने का हार, कानों में बालियां, बांहों में भुजबन्द, अपनी सास के साथ तुलना करने पर उसे घृणा हो गई।

कुंज से वह बातें कर रही थी। बातें क्या हैं, सो तो वह सुन नहीं पाई, परन्तु इतना अवश्य समझ गई कि वे उसी के सम्बन्ध में बातें कर रहे थे।

पान और जर्दा वह कुछ अधिक मात्रा में खाती थी। सवेरा होते ही यह काम शुरू हो जाता, तो फिर दिन भर उसका मुंह चलता रहता। स्नान के बाद सारे शरीर में तिलक-छापे लगाने का काम उसने बड़े मनोयोग से किया था। इस अनुष्ठान से सम्बन्धित सारी सामग्री वह अपने साथ लेती आई थी, यहां तक कि ुमह देखने की छोटी आरती भी लाना भूली नहीं थी।

कुसुम ने भी नित्य-नियमानुसार पूजा की और भोजन बनाने बैठी, तो वह प्रौढ़ा भी पास आ बैठी। इधर-उधर देखकर किंचित् मुस्कराकर वह बोली, 'क्यों री बेटी, न तेरे गले में कंठी-माला है, न तूने तिलक-छापा किया है, तु वैष्णव की लड़की कैसी?"

कुसुम ने थोड़े में निपटाया, 'मैं वह सब नहीं करती।"

"नहीं करती कहने से चलेगा कैसे बेटी! लोग तुम्हारे हाथ का पानी भी नहीं पिएंगे, फिर?"

कुसुम ने मुड़कर पूछा, "तो फिर मैं आपके लिए भोजन बनाने का अलग प्रबन्ध कर दूं?"

"मैं तो घर की हूं। तुम्हारे हाथ का खा भी लूंगी, लेकिन दूसरे तो नहीं खाएंगे।"

कुसुम ने कोई जवाब नहीं दिया।

तभी कुंज ने आकर पूछा, "चरण कब आया, कुसुम?"

"कल सन्ध्या के समय।"

कुंज की सास बोली, "सुना तो यही था कि बिन्दा वैष्णव इसे ग्रहण नहीं करेगा, पर नौकर के हाथ लड़के को उसने भेज दिया।"

कुंज ने चकित होकर पूछा, "मां, तुम्हें यह बात कहां से मालूम हो गई?'

सास ने जरा गम्भीर होकर कहा, "मेरे चार आंखें और चार कान हैं। मैं सब तरफ की खबर रखती हूं। जो बात मैंने सुनी, बिलकुल ठीक सुनी है, बेटा। उसने इतना समझाया, इतना आग्रह-अनुरोध किया, परन्तु तुम्हारी बहिन राजी नहीं हुई, फिर लोगों की जबान तो पकड़ी नहीं जा सकती। जिसके जो मन में आएगा, कहेगा ही। मुहल्ले में कई जवान

लड़के हैं। तुम्हारी बहिन की चढ़ती उमर और यह सोने जैसा रंग। लोग ठीक ही कहते हैं कि मन और मोती एक जैसे होते हैं, फिसलते देर नहीं लगती।"

कुंज ने हामी भरते हुए कहा, "बात तो तुम्हारी सच है मां।"

सहसा कुसुम ने मुंह उठाकर और भौहें चड़ाकर कहा, "तुम यहां बैठे क्या कर रहे हो भैया, उठ जाओ यहां से।"

कुंज सिटपिटाकर उठ गया, लेकिन उसकी सास ने झिड़ककर कहा, "भैया को चुप करने से और लोगों का मुंह तो बन्द नहीं हो जाएगा बेटी, न उनकी आंखें ही मंदी जा सकेंगी। यह जो तुम नदी से स्नान करके गीले कपड़ों और भीगे बालों से घर लौटती हो, उसे देखकर तो मुनियों का मन भी डोल जाएगा। चाहो तो अपने भैया से छाती पर हाथ रखवाकर पूछ लो।"

कुसुम ने जोर से चिल्लाकर कहा, "तुम्हारे पांव पड़ती हूं भैया, खड़े-खड़े सुनो मत, चले जाओ यहां से।"

उसका यह चिल्लाना, तरेरी हुई आखें और लाल चेहरा देखकर कुंज वहां से भाग खड़ा हुआ। कुसुम ने चूल्हे पर से सब्जी की कड़ाही को घम् से नीचे पटका और तेजी से रसोईघर से बाहर हो गई।

कुंज की सास वहीं बैठी रही। उसका चेहरा काला पड़ गया। उसको इस बात का बड़ा अभिमान था कि मेरे जैसा कलह-वीर इस संसार में और कोई नहीं, लेकिन यह तो उसने सपने में भी नहीं सोचा था कि ऐसी कमजोर और बेसहारा लड़की उसे धूल चटाकर यूं चली जाएगी।

आठ

कारण न जानते हुए भी, कुसुम को इस बात में कोई सन्देह नहीं रहा कि उस दिन भैया की सास लड़ने का संकल्प करके ही यहां आई थी। इसके अतिरिक्त उसने जो कुछ कहा, परन्तु कुसुम ने ही किसी गूढ़कारण से जाना स्वीकार नहीं किया। ···और वह गूढ़ कारण क्या है, यह कम से कम उससे तो छिपा हुआ नहीं है। स्वयं वृन्दावन ने भी उसका आभास पा लिया है और इसीलिए अब कुसुम को अपने घर ले जाने के प्रस्ताव का त्याग कर दिया है। इस संकेत ने ही कुसुम को इतना क्रोधित कर दिया था और वह अपना आपा खो बैठी थी, लेकिन वह स्वीकार भी करती है कि उसे इस तरह रसोईघर से उठकर चले नहीं माना चाहिए था, वह उचित नहीं हुआ।

उस दिन कुंज की सास ने सारा दिन भोजन नहीं किया। शाम को बहुत समझाने-बुझाने और मान-मनौवल के वाद खाया। उसको मानरक्षा के लिए कुंज दिन-भर बहिन की भर्त्सना करता रहा, लेकिन गरमा-गरमी, मान-अभिमान और गुस्सा समाप्त हो जाने पर भी उसने बहिन से भोजन करने के लिए नहीं कहा। दूसरे दिन जब कुंज की सास लौटने लगी तो, कुसुम ने प्रणाम करके उसके पांवों की धूल माथे से लगाई, लेकिन वह कुछ न बोली, आशीर्वाद तक नहीं दिया। हां, जमाई को जता कर इतना अवश्य कहा, अब तुम्हें अपना घर-द्वार और जमीन-जायदाद देखनी चाहिए, यहां बहिन को पकड़कर बैठे रहने से तो काम चलेगा नहीं।'

कुसुम के पास इस बात का कोई जवाब नहीं था, इसलिए वह चुपचाप सिर नीचा किए खड़ी सुनती रही। सच ही तो है, भैया यहां-वहां दोनों जगह किस तरह संभाल सकेंगे?

इसके बाद लगभग दो महीने बीत गए। इस कुंज की सास ने कुंज को मानों तोड़-फोड़कर नये सिरे से गढ़ हाला है। अब वह प्रायः यहां रहता ही नहीं है। जब कभी रहता भी है, तो अच्छी तरह बात नहीं करता। कुसुम आश्चर्य के साथ सोचती है कि ऐसा आदमी इस तरह का हो कैसे गया! यदि वह केवल इतना जान पाती किं इस तरह का परिवर्तन संसार में कुंज जैसे सीधे और कम समझ लोगों में ही हुआ करता है, तो दुःख उसके लिए इतना असह्य न होता। भाई-बहिन में न वैसा स्नेह रहा, न अब उस तरह कलह ही होता है। लड़ने-झगड़ने की न तो कुसुम की इच्छा होती है, न उसमें साहस ही बचा है। उस दिन केवल एक रात घर में अकेले रह जाने के भय से वह व्याकुल हो उठी थी। अब कितनी ही रातें अकेले रहते ही गई हैं। दुःख के अतिरेक के कारण उसका भय भी मिट गया है।

इन सब दुःखों की तो उसे इतनी चिन्ता नहीं, परन्तु यह बात हमेशा उठते-बठते उसके मन में खटकती रहती है कि वह भाई के गले का बोझ बनती जा रही है। रह-रहकर एक यही बात उसके मन में उठती है कि आज मैं मर भी जाऊं, तो भैया की आंख से दो बूंद आंसू तक नहीं गिरेंगे। भविष्य में होनेवाली भाई की इस निष्ठुर भूल को वह किवाड़ बन्द कर अपने आंसुओं से धोने के लिए बैठ जाती, तो फिर सारा दिन खोलती नहीं थी। जब मन बहुत उदास और हृदय अत्यन्त भाराकान्त हो जाता, तो वह चरण की बातें सोचने लगती। केवल वही मां-मां करता हुआ जब-तब चला आता, उसकी सूनी जिन्दगी को हरा कर देता और उसे छोड़कर जाने के लिए किसी भी तरह राजी न होता।

उसी के हाथ एक दिन सारी लाज-शर्म को तिलांजलि देकर उसने वृन्दावन के पास एक पत्र भेजा था, लेकिन उसमें जो संकेत था उस पर वृन्दावन की कोई अनुकूल प्रतिक्रिया नहीं हुई। कुसुम जिस उत्तर की आशा लगाए उत्सुकता से पथ देख रही थी, वह तो नहीं आया, कागज

पर लिखे दो शब्द भी उसे नहीं मिले। आए केवल कुछ रुपये, जिन्हें विवश और निरुपाय होकर उसे रख लेना पड़ा।

कल रात कुंज घर आया था। सवेरे ही लौट जाने के लिए प्रस्तुत होकर वह बाहर निकला और कुसुम के समीप आकर खड़ा हो गया। आजकल कुसुम अपने भैया से किसी भी सम्बन्ध में कुछ कहती नहीं है, न अनुरोध करती है और न बाधा ही पहुंचाती है। आज न जाने क्यों वह मीठे स्वर में कह बैठी, "क्या अभी जा रहे हो, भैया? मुझे भोजन बनाने में देर लगेगी। दो कौर खाकर तब चले जाना न।"

कुंज ने मुँह फेरकर और चेहरा बिगाड़कर कहा, "जो सोचा था, आखिर वही हुआ। मुझे चलते समय टोक ही दिया न!"

परिस्थिति की विवशताओं के कारण कुसुम ने बहुत कुछ सहन करना सीख लिया था, लेकिन इस प्रकार अकारण मुंह बिगाड़ कर यूं लांछित करना उससे सहा नहीं गया। उसके सारे तन-बदन में आग लग गई। बदले में उसने अपना मुंह तो बिगाड़ा नहीं, किंतु अत्यन्त कठोर स्वर में बोली, "डरो मत भैया, मेरे टोकने से तुम मरोगे नहीं, क्योंकि आज तक जितनी बार टोक चुकी हूं, उससे आदमी होते, तो कभी के मर जाते।"

"तो क्या मैं आदमी नहीं?"

"नहीं, आदमी तो क्या तुम कुत्ता-बिल्ली भी नहीं। तुमसे तो वही अच्छे, कम से कम तुम्हारी तरह नमकहराम और अहसानफरामोश तो नहीं होते।' यह कहकर वह लगभग दौड़ती हुई अपनी कोठरी में चली गई और धड़ाम से दरवाजा बन्द कर लिया। कुंज मूर्ख की भांति थोड़ी देर खड़ा रहा और फिर धीरे-धीरे चला गया।

बाहर का सदर दरवाजा उसी प्रकार खुला पड़ा रहा। कोई घंटा-भर बाद खुले दरवाजे की राह निःशब्द अन्दर आकर वृन्दावन चकित खड़ा रह गया।

देखता है कि कुंज की कोठरी पर ताला पड़ा है, कुसुम की कोठरी के. दरवाजे अन्दर से मुंदे हुए हैं और रसोईघर एकदम खुला पड़ा है। अन्दर झांकते ही एक कुत्ता खाना छोड़कर 'केऊं-केऊं' के स्वर में शर्म के साथ

शिकायत करता हुआ भाग गया। भोजन कुछ तो बन गया था, कुछ बाकी था, चूल्हा बुझ चुका था।

चरण नौकर के साथ पैदल आ रहा था, इसलिए कुछ पिछड़ गया था। दसेक मिनट में वह भी आ पहुंचा और अपनी बाल-सुलभ तेज आवाज में मां को पुकारकर मुहल्ले के लोगों को अपने आगमन की सूचना देता हुआ आंगन में दौड़ा आया। सहसा बच्चे की पुकार सुनकर कुसुम दरवाजा खोल जैसे ही बाहर आई, उसकी आंसू-भरी आंखों की बोझिल दृष्टि सबसे पहले वृन्दावन के विस्मित जिज्ञासु चेहरे पर पड़ी। वे सहसा इस प्रकार चले आएंगे, इसकी आशा तो कुसुम को कभी थी नहीं, न उसने ऐसी कल्पना ही की थी। एक कदम पीछे हटकर उसने आंचल माथे पर खींच लिया, फिर मुड़कर अन्दर गई और एक आसन लाकर बिछा दिया। इतना सब करके वह जैसे ही खड़ी हुई, चरण दौड़ते हुए आकर उसके पांवों में लिपट गया। गोद में उठाकर उसका मुंह चूमती हुई कुसुम एक खम्भे की ओट में जाकर खड़ी हो गई।

चरण मां के मुंह की ओर देख रुआंसा होकर बोला, "पिता जी, मां रोती हैं।"

मालूम तो वृन्दावन को भी हो गया था, उसने पूछा, "क्या बात है? किसलिए बुला भेजा था?"

कुसुम अभी तक अपने-आपको संभाल नहीं सकी थी, उससे जवाब नहीं दिया गया। वृन्दावन ने दुबारा पूछा, "चिट्ठी में लिखा था कि आकर दादा से मिल लेना, सो आया हूं। कहां हैं वे?"

कुसुम ने रुंधे गले से कहा, "मर गए।"

"अरे, मर गए? क्यों, क्या हो गया था?"

उसके गम्भीर स्वर में व्यंग्य की जो छिपी हुई खनक थी, वह इस दुःख के समय कुसुम को बुरी तरह लग गई। वह बोली, "देखो मजाक मत करो। देह मेरी जली जा रही है, ऐसे समय यह सब अच्छा नहीं लगता। तुम्हें बुला भेजा है, तो क्या यहां आकर उसका इस तरह बदला चुकाओगे?" इतना कहकर वह रोने लगी।

उसकी दबी हुई सिसकियां वृन्दावन को साफ-साफ सुनाई दी,लेकिन

इससे वह जरा भी विचलित नहीं हुआ। थोड़ी देर ठहरकर उसने पूछा, "मुझे बुलाया किसलिए है?"

कुसुम ने आंखें पोंछकर भर्राए हुए स्वर में कहा, "तुम आओ ही नहीं, तो मैं कहूं किससे? पहले तो अपने काम से भी इधर आते-जाते थे। अब तो जैसे इस ओर न आने की कसम ही खा ली, भूलकर भी इधर पांव नहीं रखते।"

वृन्दावन ने कहा, "भूल नहीं सकता, इसीलिए तो नहीं आता, भूल जाऊं, तो शायद आ सकूं। खैर, जाने दो इस सबको बताओ, बात क्या हैं?''

"इस तरह ताना मारने से कहीं कहा जाता है?"

वृन्दावन को हंसी आ गई। हंस चुकने के बाद शांत स्वर में बोला, "नहीं, ताना नहीं दे रहा, सच ही जानना चाहता हूं और भले मन से जानना चाहता हूं। तुम्हें जिस तरह बतलाने में सुविधा हो, उसी प्रकार बताओ।"

"बहुत दिनों से सोच रही थी और मौका भी देख रही थी कि तुमसे एक बात पूछूंगी। मैं सिर के बाल खोले, घाट-बाट पर अपना रूप दिखाती फिरती हूं, यह बात किसने फैलाई?"

उसका यह प्रश्न सुनकर वृन्दावन क्षण-भर के लिए अवाक् हो गया, फिर बोला, "मैंने। उसके बाद?"

"तुमने फैलाई, यह तो मैं नहीं कहती, न ऐसा सोचती ही हूं, परन्तु···।"

उसे बीच में ही रोककर वृन्दावन ने कहा, "लेकिन उस दिन कहा भी था और सोचा भी था। मैं बड़ा आदमी होकर केवल तुम्हें सताने के ही उद्देश्य से अपनी मां और भाइयों को लेकर भोजन करने चला आया था, जो उस दिन कर सका, क्या आज नहीं कर सकता?···और तुमने भी तो नहीं छोड़ा। उस दिन के अपराध का दण्ड मेरी मां को दे ही दिया।"

कुसुम अत्यधिक व्यथित और लज्जित होकर धीरे-धीरे बोली,

"मुझमे बहुत बड़ा अपराध हो गया। उस समय मैंने तुम्हें पहचाना नहीं था।"

"और क्या अब पहचान लिया है?"

कुसुम चुप रही। वृन्दावन भी चुप रहा, फिर वही सहसा बोल उठा, "हां, यह बतलाना तो भूल हो गया कि एक कुत्ता तुम्हारे रसोईघर में घुसकर बरतन-भांडे, चौका-चूल्हा, भात-तरकारी सब कुछ बिगाड़ गया हैं

कुसुम ने किसी प्रकार की बेचैनी का प्रदर्शन नहीं किया। वह बोली "बिगाड़ गया होगा। मुझे तो खाना नहीं है। पहले पता होता, तो भोजन भी न बनाती।"

"क्या आज एकादशी है?"

कुसुम ने सिर हिलाकर कहा, "पता नहीं। वह सब मैं करती भी नहीं।"

"करती नहीं हो?"

कुसुम उसी प्रकार सिर झुकाए निरुत्तर बनी रही। वृन्दावन ने सन्देहात्मक भाव से पूछा, "पहले तो करती थीं, अब सहसा छोड़ क्यों दिया?"

बार-बार चोट खाकर कुसुम का धीरज फूट चला था। उसने खिसि-याने स्वर में कहा, "नहीं करती, मेरी मर्जी। कोई जान-बूझकर तो अपना सर्वनाश करना नहीं चाहता, मैं भी इसीलिए नहीं करती। भैया का व्यवहार असह्य हो उठा है, लेकिन तुम्हारा व्यवहार देखकर तो सच ही गले में फांसी लगाकर मर जाने को जी करता है।"

वृन्दावन ने कहा, "नहीं, ऐसा मत करना। मेरे व्यवहार के बारे में विचार फिर भी हो जाएगा। न भी हुआ, तो कोई हानि न होगी, लेकिन पहले यह बताओ कि दादा का व्यवहार असह्य क्यों हो गया है?"

कुसुम अत्यधिक उत्तेजित होकर बोली, "सो एक पूरा महाभारत ही है, विस्तार में सुना सकूं, इतना धैर्य मुझमें नहीं। खास बात यह कि अपनी जमीन-जायदाद की देखभाल छोड़कर वे मेरी ओर ध्यान नहीं दे सकते, उनकी सास का हुक्म नहीं है। खाना-खरच देना बन्द कर दिया

है। चरण ने यदि अपनी मां का भार उठा लिया न होता, तो मैं कभी की सूखकर मर जाती। इस समय मैं···।" वह कहते-कहते चुप होकर सोचने लगी कि आगे की बात कहना उचित होगा या नहीं और फिर बोली, "इस समय में पूरी तरह भैया के गले की फांसी हो रही हूं, इसीलिए यहां एक दिन तो क्या, एक घड़ी भी रहना नहीं चाहती।"

वृन्दावन ने हंसते हुए पूछा, "क्या इसीलिए रहना नहीं चाहती?"

कुसुम ने एक बार आंखें उठाकर उसकी ओर देखा और तब अपना सिर नीचा कर लिया। वृन्दावन के इस सहज हंसी भरे प्रश्न में जो तीखा व्यंग्य था, वह उसके हृदय को गहराई तक बेधता चला गया। वृन्दावन ने कहा, चरण अपनी मां का बोझ अवश्य उठाएगा, किन्तु तुम रहना कहां चाहती हो?"

कुसुम ने उसी तरह मुंह नीचा किए हुए जवाब दिया, "सो मैं क्या जानें? वे ही जानें।"

"वे ही कौन? क्या मैं?"

कुसुम ने मौन रहकर ही अपनी सम्मति प्रदर्शित की।

वृन्दावन ने कहा, "यह हो नहीं सकता। मैं तो तुम्हारे मामले में कुछ कर नहीं सकता, कर सकती हैं केवल मां। तुमने उनके साथ जो भी आचरण किया हो, फिर भी चरण का हाथ पकड़कर उनके पास चली जाओ, कोई उपाय वे अवश्य कर देंगी, लेकिन तुम्हारे भाई···?"

कुसुम के नेत्रों से झर-झर कर आंसू बहने लगे। उन्हें पोंछकर वह बोली, "कह तो चुकी ही हूं कि भैया मर गए, लेकिन यह तो बतलाओ कि मैं दिन के उजाले में पैदल चलकर भिखारिन की भांति तुम्हारे गांव में कैसे जाऊंगी?"

वृन्दावन ने कहा, "यह तो मैं नहीं जानता, किन्तु जा सकतीं, तो अच्छा होता। इसको छोड़ और कोई सीधा रास्ता मुझे दिखाई नहीं पड़ता।"

कुसुम थोड़ी देर चुप रहने के बाद बोली, "नहीं, मैं नहीं जाऊंगी।"

"जैसी तुम्हारी मर्जी।" उत्तर बिलकुल संक्षिप्त और सरल था।

किसी तरह की अस्पष्टता नहीं, अन्दर कोई छिपा अर्थ नहीं। इस बार कुसुम सचमुच डर गई।

थोड़ी देर वह कान लगाए उत्सुकतापूर्वक प्रतीक्षा करती रही कि वृन्दावन आगे कुछ कहता है या नहीं, लेकिन जब उसने कुछ न कहा, तो अतिशय विनम्र और कुण्ठित भाव से धीरे-धीरे कहने लगी, "लेकिन यहां भी अब मेरे खड़े रहने के लिए जगह नहीं। मैं भैया को दोष नहीं देती, क्योंकि जो अपना अनिष्ट करके दूसरों की भलाई नहीं करना चाहता, उसे दोष नहीं दिया जा सकता, लेकिन तुम तो मुझे इस प्रकार अपने से अलग करके फेंक नहीं सकते न?"

वृन्दावन ने कोई उत्तर नहीं दिया। वह उठकर खड़ा हो गया और बोला, "काफी समय हो गया। क्यों रे चरण, तू यहीं रहेगा या चलेगा? रहेगा? अच्छा तो रह। जब तेरा मन चाहे चला आना। मेरा विश्वास है कि यदि तुम इसका हाथ पकड़े, वहां आकर मां के सामने खड़ी हो जाती, तो तुम्हारा अधिक अपमान न होता। अच्छा तो मैं चलूं।" यह कहकर उसने पांव बढ़ाया।

कुसुम ने चरण को सहसा गोद से नीचे उतार दिया और एकदम सीधी खड़ी होकर बोली, "आज सारी बात मेरी समझ में आ गई। अपने इतने बड़े दुःख की बात मुंह खोलकर सुनाने के बाद भी जब तुम इस प्रकार उठ खड़े हुए और कह सके कि 'काफी समय हो गया, अब चलता हूं और मैं कितनी निराधार हैं, यह जानते हुए भी जब तुमने सहारा नहीं दिया, तो तुमसे कहने या आशा करने को कुछ भी शेष नहीं रह जाता, फिर भी तुमसे एक बात पूछना चाहती हूं, बोलो, सच जवाब दोगे?"

वृन्दावन स्तब्ध और विस्मित हो उठा। मुंह ऊंचा करके बोला, "हां, दूंगा। तुम पूछो। वैसे मैंने सहारा देना अस्वीकार नहीं किया है, बल्कि तुम्हीं ने उसे बार-बार ठुकराया है।"

कुसुम ने दृढ़तापूर्वक कहा, "झूठी बात है। अपने भाग्य के दोष से उस समय कैसी दुर्बुद्धि उपजी कि मैंने मां के मन को आघात पहुंचाकर उतना भारी अपराध कर डाला, जिसके परिणामस्वरूप मां, स्वामी, पुत्र

और घर-बार के रहते हुए भी आज मैं निराश्रिता और दूसरों के गले की फांसी बनी हुई हू। आज तक मुझे अपनी ससुराल के दर्शन करने का सौभाग्य प्राप्त नहीं हुआ। अपराध मेरा कितना ही बड़ा क्यो न हो, आखिर हूं तो मैं उस घर की बहू। क्यों तुम मुझे भिखारिन की भांति दिन के उजाले में सब लोगों के सामने उनके उपहास का पात्र बनकर पैदल ही वहां जाने को कहते हो? दूसरा कोई सीधा उपाय तुम्हें सुझाई नहीं दिया। क्यों नहीं सुझाई दिया, सो जानते हो! मैं बड़ी गरीब हूं मेरी मां ने भीख मांगकर हम भाई-बहिन का लालन-पालन किया, भैया ने फेरी लगाकर दिन बिताए, तो तुमने भी सोचा कि भिखारिन की बेटी भिखारिन की ही तरह जाए, तो हर्ज ही क्या है, लेकिन यह तुम्हारा भूल ही नहीं, तुम्हारा घमण्ड भी है। मैं यहीं बिना खाए-पीए मर जाऊंगी लेकिन तुम्हारे आगे हाथ फैलाकर न अपनी हंसी कराऊंगी, न तुम्हारे मनोरंजन के साधन जुटाऊंगी।"

वृन्दावन थोड़ी देर अवाक् खड़ा रहा, फिर धीरे-धीरे बोला, "अच्छा चलता हूं। अब मुझे कुछ भी नहीं कहना है।"

कुसुम ने भी वैसे ही भाव से उत्तर दिया, "जाओ, लेकिन ठहरो, एक बात और है। कृपा करके झूठ मत बोलना। जानना चाहती हूं. कि क्या तुम्हें मेरे बारे में कोई सन्देह हुआ है? यदि हुआ हो, तो मैं तुम्हारे सामने खड़े होकर सौगंध खाती हूं···।"

वृन्दावन दो-चार कदम ही गया था, लौटकर खड़ा हो गया और उसकी बात काटता हुआ चकित भाव से बोला, "यह व्यर्थ सौगंध क्यों खाती हो? मैंने तुम्हारे बारे में कुछ भी नहीं सुना।"

फिर उसके अधखुले चेहरे की ओर देख कर मधुर, परन्तु दृढ़ स्वर में बोला, "इसके सिवाय दूसरों के आचरण और गति-विधि पर दृष्टि रखना मेरे स्वभाव में नहीं, उचित भी नहीं समझता। तुम्हारे स्वभाव और चरित्र के सम्बन्ध में मुझे कोई कुतूहल नहीं, न मैं उसकी आलोचना ही करना चाहता हूं। मैं सभी को अच्छा समझता हूं। तुम्हारे बारे में भी मेरी यही राय है। मैं तुम्हें बुरा नहीं समझता।" यह कहकर वह धीरे-धीरे वहां से चला गया।

कुसुम वज्राहत की भांति निर्वाक् और सन्नाटे में आई सी खड़ी रही। चरण बोला, "मां, नदी पर नहाने नहीं चलोगी?"

कुसुम ने उत्तर नहीं दिया। उसे गोद में उठाकर एक-एक पांव गिनती हुई अपनी कोठरी में आई। बिस्तरे पर पड़कर उसे प्राणपण से छाती के साथ चिमटा लिया और फूट-फूटकर रोने लगी।

नौ

बहुत दिन बीत गए। माघ समाप्त होकर फाल्गुन लग गया। चरण तब का गया, फिर लौटकर नहीं आया। इतना तो स्पष्ट ही है कि लड़के को जबर्दस्ती आने से रोका जाता है, आने नहीं दिया जाता। अर्थात् वे लोग किसी प्रकार का भी सम्बन्ध रखना ठीक नहीं समझते। उधर का कोई समाचार भी नहीं। उसने भी प्रतिज्ञा कर ली है कि वहां अब कोई चिट्ठी-पत्री लिखकर वह अपने को अपमानित नहीं करेगी। भैया का वही व्यवहार चला आता है। इन सब कारणों के एकत्र हो जाने से कुसुम के प्राण छटपटाते रहते हैं। वह मर जाना चाहती है। अब वह दिन के समय घर से बाहर नहीं निकलती। पहले की भांति सहेलियों के यहां भी नहीं जाती, उनसे मिलती-जुलती भी नहीं। रात रहते ही नदी पर जाकर नहा आती है और पानी भर लाती है। हाट-बाजार के दिन गोपाल की मां सौदा-जिन्स ला देती है। इस प्रकार बाहर के समस्त सम्बन्धों और सम्पर्कों को विच्छिन्न कर देने से उसके भारी और लम्बे दिन सचमुच बड़े ही दुःख दायी हो उठे थे।

वह सिलाई और कढ़ाई का काम बहुत अच्छा करती है। जो भी पारिश्रमिक मिल जाता, प्रसन्न होकर स्वीकार कर लेती, यदि कोई काम करवाकर पैसा देना भूल जाता, तो वह भी भूल जाती। इन्हीं सब सद्गुणों के कारण टोले-मुहल्ले और पास-पड़ोस के लोगों की मसहरी की चादरें, तकिये के गिलाफ, बिस्तरों की चादरें आदि सीने-काढ़ने का काम

उसी के पास आता है। आज अपराह्न के समय अपनी कोठरी के बाहर चटाई डाले, वह एक मसहरी की चादर की सिलाई कर रही थी। सीते सीते हाथ की सुई हाथ में ही रह गई और वह पहले दिन की पूरी-घटना को आरम्भ से लेकर अंत तक अपने मन में घुमाने और उसके साथ खेलने लगी।

जिस दिन वे दल-बल सहित उसके भगोड़े भाई के निमंत्रण को स्वीकार कर आ पहुंचे थे, और उसे भारी मुसीबत में फंसकर सारी लाज-शरम को तिलांजलि दे, बातूनी औरत की भांति, अपने स्वामी से पहले-पहल बातचीत करनी पड़ी थी, यही सब उसे याद आ रहा था। दुःख जब उसके लिए असहनीय हो उठता है, तो वह सब काम-धंधे छोड़कर उस दिन की स्मृति को लेकर बैठ जाती है। मां जिस प्रकार अपने इकलोते बच्चे को लेकर नाना प्रकार से हिला-बुलाकर लाड़ लड़ाती है, उसी भांति वह भी अपनी इस एकमात्र स्मृति को अनिर्वचनीय प्रीति के साथ अनेक प्रकार से उलट-पुलटकर असीम तृप्ति का अनुभव करती है। उस समय मानो उसका समस्त दुःख-दर्द घुल-पुंछ जाता है। उन दोनों की वह कहा-सुनी, सब लोगों से छिपाकर भोजन का वह आयोजन, उसके बाद पका-परोसकर पति और देवरों को खिलाना, सास की सेवा, और सबके बाद संध्या के समय अपने लिए वही बचा-खुचा, ठण्डा-बासी भोजन।

उसकी आंखों से टप-टपकर आंसू गिरने लगे। नारी-देह धारण कर इससे अधिक सुख की बात न उसने सोची थी, न चाही थी। उसे विचार आते कि जो स्त्रियां नित्य यह काम करती हैं, उनके लिए इस संसार में और कुछ भी करना बाकी नहीं रह जाता और वे कितनी बड़भागिनी होती हैं!

उसके बाद उसे याद आई उस दिन की बात, जब सारे संबंधों को तोड़कर वे चले गए थे। उस दिन उसने भी बाधा नहीं दी, छोड़कर जाने में सहायता ही की, उनको चले जाने दिया, पर उस समय चरण की बात उसने नहीं सोची। दारुण अभिमान की उस घड़ी में यह बात उसके मन में ही नहीं आई कि वह भी मुझसे बिछुड़कर दूर चला

जाएगा। अब जैसे-जैसे दिन बीतते जाते हैं, यह भय ही उसकी छाती के रक्त को प्रतिपल सुखाए दे रहा है कि यदि उन्होंने चरण को नहीं आने दिया, तो क्या होगा? यदि सच ही वह नहीं आया, तो मैं जीऊंगी कैसे? और सबसे बड़े दुःख की बात तो यह है कि जो संदेह पहले उसके मन में घर किए बैठा था, और जो दुःख के इन दिनों में उसे बल भी पहुंचाता था, अब बिलकुल नहीं रहा, धुल-पुंछकर एकदम साफ हो गया है। उसके अंतर्मन में सोया हुआ एक विश्वास जाग उठा है, जो हर समय उसके कानों में पुकार-पुकारकर कहता रहता है कि सब मिथ्या है। उसके बचपन का कलंक और बदनामी की बात, कुछ भी सत्य नहीं है। वह हिन्दू की लड़की है, इसलिए जो पाप है, जो अन्याय है, वह किसी भी प्रकार उसके हृदय में प्रविष्ट नहीं हो सकता। समझकर हो या नासमझी से, हिन्दू के घर की लड़की अपने पति को छोड़ और किसी से भी इस प्रकार प्रेम नहीं कर सकती। दूसरों की सेवा करने और काम आने के लिए उसके मन-प्राण कभी भी इस प्रकार उन्मत्त नहीं हो सकते। यदि वे उसके पति न होते, तो भगवान निश्चय ही उसे सुपथ दिखाते, उसके मन के किसी खाली कोने में लज्जा का थोड़ा-सा अंश बचा तो अवश्य ही बचा रहने देते।

आज हाट का दिन है। गोपाल की मां को बाजार गए बहुत देर हो गई है। अब लौटती ही होगी, इसीलिए सदर फाटक खुला हुआ है। सहसा दरवाजे को ठेलकर कुंजनाथ बाबू ने नौकर के साथ विलायती जूतों को खूब जोर से चरमराते और मुहल्ले के लोगों में अचरज और ईर्ष्या उत्पन्न करते हुए आंगन में प्रवेश किया। कुसुम को पता तो चल गया, किन्तु वह मारे लज्जा के अपनी आंसू-भरी आंखों को उठा न सकी।

कुंजनाथ सीधा बहिन के सामने आकर खड़ा हो गया और बोला, "कुछ सुना! तेरा वृन्दावन फिर से ब्याह कर रहा है।"

कुसुम के हृदय की धड़कन ही रुक गई। वह काठ की पुतली की भांति मुंह नीचा किए चुपचाप बैठी रही।

कुंज ने स्वर ऊंचा करके कहा, "मैं भी देखूँगा कि मगर से बैर करके

वह पानी में कैसे रहता है! मैं यह भी देखना चाहता हूं कि वह नन्दा वैष्णव कितने बड़े बाप का बेटा है! मेरी जमींदारी में रहकर मेरा ही अपमान!"

बात कुसुम की समझ में जरा भी नहीं आई। उसने बड़े कष्ट से पूछा, "नन्दा वैष्णव कौन है?"

"मेरी प्रजा और कौन! मेरी जमींदारी में घर बनाकर रहता है। साले के घर में आग ही लगा दूंगा। उसी नालायक की लड़की है। इसी फागुन में विवाह, होगा, सब ठीक-ठीक हो गया है। अरे भूतो, जरा हुक्का तो गरमा!"

कुसुम ने अभी तक आंख उठाकर देखा नही था। नौकर के आने की ओर उसका ध्यान ही नहीं जाने पाया था, अब जरा सिमटकर बैठ गई।

कुंज ने पूछा, "क्यों रे भूतों, नन्द की लड़की देखने-सुनने में कैसी हैं?"

भूतो ने सोच-विचारकर कहा, "अच्छी है।"

कुंज ने बिगरकर कहा, "अच्छी है खाक! क्या हमारी बहिन के जैसी है? धुत् पगले! ऐसा रूप तूने कभी देखा भी है?"

भूतो के जवाब देने से पहले ही कुसुम उठकर अन्दर चली गई। थोड़ी देर बाद कुंज हुक्का गुरगुराता हुआ बहिन की कोठरी के सामने आ खड़ा हुआ और बोला, "क्यों कुसुम, मैंने पहले ही कहा था न कि बिन्दा वैरागी के जैसा नमकहराम और बदजात आदमी कहीं ढूंढ़े नहीं मिलेगा, मेरी बात सच निकली न? मां कहती हैं कि वे चाहे झूठे हो जाएं, परन्तु हमारे कुंजनाथ की कही बात कभी झूठी नहीं हो सकती। क्यों रे भूतो, मां ने कहा था न?"

कोठरी के अन्दर से कोई जवाब नहीं मिला, लेकिन एक प्रकार का अस्पष्ट और अस्फुट स्वर अवश्य सुनाई पड़ने लगा।

कुंज ने न जाने क्या सोचकर हुक्का दीवार से टिकाकर रख दिया और दरवाजा ठेलकर अन्दर जा खड़ा हुआ।

कुसुम बिस्तर पर बौंधी पड़ी थी। उसकी ओर देखते ही आज बहुत

दिनों के बाद कुंज की आंखों में सहसा पानी भर आया। हाथों से आंसू पोंछकर, धीरे-धीरे चलता हुआ, बिछौने के एक कोने पर जा बैठा और अपना एक हाथ बहिन के माथे पर रखकर आहिस्ता से बोला, "डरने की कोई बात नहीं कुसुम, मैं यह ब्याह कभी नहीं होने दूंगा। तू खुद देखेगी कि तेरा भाई जो कहता है, उसे पूरा करके दिखाता भी है, लेकिन तूने भी तो कभी अपनी ससुराल जाना नहीं चाहा। हम सब कितना समझा-बुझाकर हार गए! तूने कभी कोई बात कान पर ही नहीं धरी।" कहते-कहते कुंज का गला आंसुओं से भीग गया।

अब कुसुम के लिए अपने-आपको रोके रखना असम्भव हो गया। वह बुक्का फाड़कर 'हो-हो' करती हुई रो उठी। भाई के मन में उसके लिए रत्ती भर प्रेम होगा, यह आशा तो वह कभी से छोड़ बैठी थी।

कुंज के आसुओं का बांध भी टूट गया। वह चुपचाप उसके सिर पर हाथ फेरकर सान्त्वना देने का प्रयत्न करने लगा।

सांझ हो गई। कुंज ने एक बार फिर कोट के दामन से आंखों को अच्छी तरह पोंछकर कहा, "बहिन, तू जरा भी मत घबराना! मैं कह ही चुका हूं कि यह ब्याह किसी भी तरह नहीं होने दूंगा।"

इस बार कुसुम बोली। रोते हुए उसने कहा, "नहीं भैया, तुम इसमें बाधा मत देना।"

कुंज जैसे आसमान से नीचे आ गिरा। विस्मित होकर बोला, "बाधा न दूँ? कहती क्या हो! मेरी आंखों के आगे ब्याह हो और मैं खड़ा देखता रहूं? यह तुम कहती हो, कुसुम!"

"हां भैया, मैं ही कहती हूं। तुम बाधा नहीं दोगे, न देने पाओगे।"

अब कुंज को गुस्सा आ गया। उसने बिगड़कर कहा, "बाधा दूंगा और जरूर दूंगा। तुझे इसमें अपना अपमान भले हो न दिखाई देता हो, पर मैं अपना अपमान कभी सह नहीं सकता। मेरी प्रजा होकर···हूं:! तू कहती क्या है? लोग सुनेंगे तो क्या कहेंगे, मेरे नाम पर छि:, छि: कर थूकेंगे नहीं?"

तकिये में मुंह छिपाकर बार-बार सिर हिलाती हुई कुसुम कहने लगी, "मैं मना कर रही हूं भैया, तुम इसमें कोई बाधा नहीं दोगे। उनसे

हम लोगों का कोई सम्बन्ध नहीं। झगड़ा-टंटा करके और बदनामी मत बढ़ाना। ब्याह होता है, तो हुआ करे।"

कुंज ने और भी अधिक गुस्सा होकर कहा, "ना, ब्याह नहीं होगा।"

"होगा क्यों नहीं? मुझे छोड़कर उन्होंने पहले भी तो ब्याह किया था। न हो, एक और कर लें। मेरे लिए दोनों एक जैसे हैं। तुम्हारे पांवों पकड़ी हूं भैया, बेकार के लिए बाधा देकर और टंटा-फसाद करके मेरी सारी इज्जत को मिट्टी में मत मिलाओ। उन्हें जिस बात में सुख हो, वही अच्छा है।"

"हुं!" कहकर कुंज थोड़ी देर चुपचाप बैठा रहा, फिर बोला, "तुझे तो मैं हमेशा से जानता हूं एक बार ना कह देने पर किसके बाप.की हिम्मत है कि तुझसे हां कहला सके! तू खुद तो किसी की बात नहीं सुनेगी, पर तेरी बात सबको सुननी और माननी होगी, क्यों?"

कुसुम चुप रही। कुंज ने आगे कहा, "यूँ देखा जाए, तो बात गलत भी नहीं। जब तू किसी तरह ससुराल जाएगी ही नहीं, तो उनकी गृहस्थी चलेगी कैसे? अभी तो खैर उसकी मां है, लेकिन वह बुढ़िया जीएगी कितने दिन?"

कुसुम ने इस बात का भी कोई जवाब नहीं दिया।

थोड़ी देर चुप रहने के बाद कुंज सहसा बोल उठा, "अच्छा कुसुम, वह ब्याह करे या न करे, पर तू इतना रोती क्यों हैं?"

इसका भला वह क्या उत्तर दे! अंधेरे के कारण कुंज देख नहीं पाया कि कुसुम की आंखों का जो पानी कम हो गया था, इस प्रश्न के पूछे जाते ही वह प्रबल वेग से बहने लगा।

कुंज उठकर चला गया।

कुसुम की छाती फाड़ती हुई एक लम्बी सांस निकल पड़ी, "ओह, अब समझ में आया कि मेरे स्वभाव और चरित्र के बारे में उन्हें जरा भी कुतूहल क्यों नहीं था!···और मैं निर्लज्ज सौगन्ध खाने चली थी।"

दस

वृन्दावन ऐसी प्रकृति के आदमियों में हैं, जो किसी भी स्थिति में विचलित होकर क्रोधित हो उठने को अत्यन्त लज्ज़ाजनक और घृणास्पद बात समझते हैं, गुस्सा होने के हजार कारण क्यों न हों, वे अपने को संभाले रहते और कभी अपने पर से काबू नहीं खोते और न किसी भी दशा में विरोधियों पर चिल्लाते, लड़ाई-झगड़ा करते, नाराज होते या जोर-जोर से तर्क करके चार आदमियों को जमा ही करते हैं, फिर भी उस दिन जब कुसुम लगातार निष्ठुर व्यवहार करती और झूठे, अन्यायपूर्ण अभियोग लगाती रही, तो वह क्रुद्ध और उत्तेजित होकर कई निरर्थक कड़ी बातें कह आया। कहने को तो कह आया, पर इससे उसके मनस्ताप की कोई सीमा न रही। उसके दूसरे ही दिन चरण को बुला लाने के बहाने एक दासी, एक नौकर और गाड़ी भेजकर वह सच ही आशा करने लगा कि सम्भवतः बुद्धिमती कुसुम उसके इस संकेत को समझ जाएगी और हो सकता है कि चली भी आए। यदि सचमुच आ ही गई, तो उसे लेकर एक दिन के लिए जो समस्या खड़ी हो जाएगी, उसकी उसने यह कहकर आलोचना कर दी कि घर में मां तो हैं ही। मां की कार्यकुशलता और व्यवहारदक्षता पर उसे अगाध विश्वास था। वह जानता था कि परिस्थिति कितनी ही संकटापन्न क्यों न ही, मां कोई न कोई उपाय निकाल लेती हैं और ऐसा काम करती हैं, जिससे सबका मंगल हो। इसी विश्वास के बल पर मां से कुछ कहे बिना ही उसने गाड़ी

भेज दी थी और आशा-भरे आनन्द एवं सलज्ज आशंका से अधीर होकर वह प्रतीक्षा कर रहा था, और कुछ नहीं तो कम से कम मां से क्षमा मांगने के ही लिए वह आज अवश्य आएगी।

दोपहर के समय गाड़ी अकेले चरण को लेकर लोट आई। वृन्दावन ने ड्यौढ़ी के अन्दर से तिरछी निगाहों से यह देखा, तो स्तब्ध ही रह गया।

कोई दसेक दिन के बाद, एक दिन तीसरे पहर के समय वृन्दावन पाठशाला के विद्यार्थियों को अपने सामने कतार में खड़ा कर पहाड़ा बुलवा रहा था। विद्यार्थी उच्च स्वर में गणित विद्या की व्युत्पत्ति दोहरा रहे थे। इतने में वहां एक सज्जन ने प्रवेश किया। वृन्दावन ने आदरसहित खड़े होकर उन्हें बैठने के लिए आसन दिया। वह उनकी ओर देखता रहा; लेकिन पहचान न सका।

आगन्तुक उसी की उम्र का था। आसन पर बैठकर उसने हंसते हुए कहा, "क्यों भाई, पहचाना या नहीं?"

वृन्दावन ने लज्जित होकर स्वीकार किया, "नहीं।"

उसने कहा, "मेरा जो काम है, वह तो बाद में बताऊंगा। मामाजी के पत्र में तुम्हारी बड़ी प्रशंसा सुनी, तो सोचा कि परदेश जाने से पहले तुमसे एक बार मिलता चलूं। मैं केशव हूं।"

वृन्दावन लपककर अपने बचपन के गुरुभाई से लिपट गया। यह उसके भूतपूर्व अंग्रेजी शिक्षक दुर्गादास बाबू का भांनजा था। आज से पन्द्रह वर्ष पूर्व पांच-छः महीने तक यहीं रहा था। उस समय दोनों में बहुत अधिक मैत्री हो गई थी।

अब केशव, पांच-छः वर्ष हुए, एम० ए० पास करके कालेज में प्राध्यापक था। इस समय सरकारी काम से परदेश जा रहा था।

पारस्परिक कुशल-मंगल के प्रश्न पूछे जाने के बाद केशव ने कहा, "मेरे मामाजी के लिए झूठ बोलना तो दूर रहा, वे किसी बात को बढ़ा-चढ़ाकर भी नहीं कहते। अपनी पिछली बार की चिट्ठी में उन्होंने लिखा, 'जीवन में अनेक छात्रों को पढ़ाया है, लेकिन एक वृन्दावन को छोड़ और कोई यथार्थ रूप में मनुष्य बना है या नहीं, सो नहीं जानता। मैंने किसी यथार्ष

मनुष्य को आज तक अपनी आंखों से देखा नहीं था, इसलिए देश छोड़कर जाने से पहले तुम्हें देखने के लिए चला आया हूं।

बात कही थी एक मित्र ने ही, फिर भी वृन्दावन लज्जा से इतना अभिभूत हो उठा कि उसे खोजे कोई जवाब नहीं मिला। उसने तो स्वप्न में भी कभी नहीं सोचा था कि मेरी प्रशस्ति में कोई इतनी बड़ी बात कहनेवाला भी इस संसार में हो सकता है! विशेषतः इस बात ने तो उसे हतबुद्धि ही कर दिया कि उसकी यह स्तुति सबसे पहले उसीके परमपूज्य गुरुदेव के मुख से प्रचारित हुई है।

केशव ने उसके मन के भाव को समझकर कहा, "अच्छा, जाने दो। जिससे तुम्हें लज्जा हो, वह बात में अब नहीं कहूंगा। लज्जित करना मेरा उद्देश्य था भी नहीं, मैंने तो केवल अपने मामाजी का अभिप्राय तुम्हें बता दिया। अब अपने काम की बात कहता हूं। तुमने पाठशाला खोली। सुना है कि फीस नहीं लेते, उलटे विद्यार्थियो के लिए कापी-किताब और कपड़े-लत्ते का प्रबन्ध भी अपनी गिरह से करते हो। मैं भी यह सब करने को तैयार था, किन्तु एक भी विद्यार्थी जुटा न सका। बतलाओ, तुमने इतने विद्यार्थी कैसे जुटा लिए?"

उसकी बात वृन्दावन की समझ में नहीं आई, विस्मित होकर देखता रह गया।

केशव ने हंसकर कहा, "साफ-साफ खोलकर बताना होगा, वैसे कहने से शायद बात तुम्हारी समझ में न आए। मैं तो आजकल सब ओर यही भावना पाता हूं कि यदि देश का कोई काम करने योग्य है, तो वह है सर्वसाधारण जनता के बालकों को शिक्षा देना। इसके अतिरिक्त हम जो भी काम करेंगे वह व्यर्थ ही होगा। मैं तो यहां तक कहूंगा कि उन्हें लिखना-पढ़ना सिखा दो और वे अपनी चिन्ता आप कर लेगे। इंजन में स्टीम होगी तभी न गाड़ी चलेगी? स्टीम के न रहने पर इतने बड़े जड़ पदार्थ को थोड़े-से भद्र लोग अपने शरीर की पूरी ताकत लगाकर भी एक इंच नहीं खिसका सकते। तुम स्वयं भी इस बात को जानते हो, नहीं तो अपनी गांठ का पैसा खर्च कर पाठशाला न खोलते। मैं भी यही करना चाहता हूं और इसीलिए अभी तक कुंवारा हूं। तुम्हारी ही तरह हमारे गांव में

भी लिखना-पढ़ना सिखाने का कोई प्रबन्ध नहीं है, इसलिए मैंने पहले एक पाठशाला खोली, आगे चलकर एक स्कूल की स्थापना का विचार भी था, लेकिन वह पाठशाला ही नहीं चली, लड़के ही इकट्ठे नहीं हुए। हमारे गांव के छोटी जाति के लोग इतने शैतान हैं कि किसी भी तरह लड़कों को पढ़ने देना नहीं चाहते। कुछ दिन अपने मान-सम्मान को ताक में रखकर छोटी जाति के लोगों के मुहल्लों में उनके घर-घर घूमता रहा हूं, लेकिन नहीं, इतने पर भी कोई नतीजा नहीं निकला।"

वृन्दावन का चेहरा लाल हो आया, परन्तु फिर भी उसने शान्त भाव से कहा, 'छोटी जाति के लोगों का भाग्य अच्छा था कि उन्होंने बड़ी जाति के लोगों की पाठशाला में अपने लड़कों को नहीं भेजा, परन्तु भाई, तुम्हारा भी हमारे जैसे छोटी जाति के लोगों के घर-घर घूमकर अपनी मान-मर्यादा नष्ट करना उचित नहीं हुआ।"

वृन्दावन की बात में निहित व्यंग्य केशव के ठीक ठिकाने पर जाकर लगा। वह बहुत ही अप्रतिभ होकर बोला, "नहीं जी, नहीं, तुम्हारी··· तुम लोगों की बात नहीं कर रहा। छिः, छिः' मैंने यह कभी नहीं कहा। असल में बात यूं नहीं है, तुम जानते ही हो।"

वृन्दावन हंस पड़ा और बोला, हां-हां, मैं अच्छी तरह जानता हूं कि तुमने हमारे बारे में नहीं कहा, हमारे स्वजनों और आत्मीय जनों के बारे में कहा है। हम ठहरे जुलाहे, लुहार, ग्वाले और किसान, करघा चलाते हैं, हल बनाते हैं, पशु चराते और खेती करते हैं। ढंग का कपड़ा भी नहीं पहन पाने, सरकारी दफ्तरों के दरवाजों तक भी नहीं पहुंच सकते; किसी अच्छे काम से भी हमारे घर आने में तुम्हारे जैसे उच्चशिक्षा प्राप्त सदाशय लोगों की मान-मर्यादा को ठेस पहुंचती है, वह नष्ट ही हो जाती है।"

केशव ने सिर झुकाकर कहा, "वृन्दावन, बिलकुल सच कहता हूं कि मैंने तुम्हें हलवाहों और चरवाहों के दल से एकदम पृथक समझकर ही वह बात कही है। यदि जानता कि तुम अपने-आपको उनके साथ जोड़कर इस तरह नाराज हो उठोगे, तो भूलकर भी उस बात को मुंह से न निकालता।"

वृन्दावन ने कहा, "मैं यह भी जानता हूं, लेकिन तुम्हारे पृथक कर

देने से ही तो मैं पृथक् हो नहीं सकता। इस देश में मेरी सात पीढ़ियां यहां के छोटे लोगों के साथ मिलकर रही हैं। किसान में भी हूं। अपने हाथ से हल चलाता हूं। यही कारण है केशव कि तुम्हारी पाठशाला में लड़के जुटे नहीं और मेरी पाठशाला में जुट सके। मैं उन लोगों के साथ रहकर ही बड़ा हूं, उन्हें छोड़कर बड़ा नहीं हूं। वे मेरे पास बिना किसी संकोच के आ जाते हैं, तुम्हारे पास आने का साहस उन्हें नहीं होता। हम लोग अनपढ़ और गरीब हैं, अपने मुंह मियां मिट्ठू बन नहीं सकते, न घमण्ड ही कर सकते हैं। तुम लोग छोटी जाति कहकर पुकारते हो और हम बिना विरोध के उसे स्वीकार कर लेते हैं, लेकिन हमारा अन्तर्यामी स्वीकार नहीं करता, उसे तुम्हारी अच्छी बातों पर भी विश्वास नहीं होता।"

केशव लज्जा और क्षोभ से मुंह नीचा किए सुनता रहा।

वृन्दावन कहता गया, "जानता हूं कि इसमें हमारी ही हानि है, लेकिन फिर भी तुम्हें अपना आत्मीय और शुभाकांक्षी मानने में डर लगता है। देख ही रहे हो कि हम लोगों में तो नीम हकीम और पोंगा पंडित ही पूजा पाते हैं, जैसे कि मैं पा रहा हूं, किन्तु तुम्हारे जैसे बड़े डाक्टरों और प्रोफेसरों की यहां कुछ भी नहीं चलती। देवता हम लोगों के हृदय में भी निवास करते हैं, तुम्हारी यह श्रद्धाहीन करुणा और ऊंचे बैठकर नीचे भीख के टुकड़े फैंकना हमारे देवता को चोट पहुंचाता है और ने मुंह फेर लेते हैं।

इस बार केशव ने विरोध किया, "लेकिन मुंह फेरना अन्याय है। हम लोग वास्तव में तुम लोगों से घृणा नहीं करते, सचमुच तुम्हारे लिए मंगल कामना ही करते हैं। तुम्हारे लिए उचित यही है कि हम लोगों पर पूरी तरह विश्वास करो। किसमें तुम्हारी भलाई है, किसमें नहीं है, इस बात को शिक्षा के प्रभाव के कारण हम ज्यादा अच्छी तरह समझ सकते हैं। हम लोग सब बातों में उन्नत हैं यह तथ्य तो तुम स्वयं भी अपनी आंखों से देखते हो, ऐसी दशा में हम लोगों की बातें सुनना तुम्हारा कर्तव्य हो जाता है।"

वृन्दावन ने कहा, "देखो केशव, देवता क्यों मुंह फेर लेते हैं, इसे तो

स्वयं देवता ही जानें। उस बात को जाने दो, लेकिन तुम हमारे साथ जो शुभ कामना प्रकट करते हो, वह आत्मीय जनों की नहीं, मालिको की होती है। इसीलिए तुम लोगों में से पूरे पन्द्रह आना आदमी वही करते हैं जिससे बड़े लोगों के लड़कों की उन्नति और किसान आदि गरीब लोगों के लड़कों का अधःपतन हो। तुम्हारे सम्पर्क में रहकर लिखना-पढ़ना सीखने से किसान का लड़का भी बाबू बन जाता है फिर वह अपने अशिक्षित बाप-दादा का सम्मान नहीं करता, उनपर श्रद्धा नहीं रखता। शिक्षित होने के इस अन्तिम परिणाम की आशंका हम तुम लोगों के आच--रण में ही देखते हैं, अपने बड़े-बूढ़ों के प्रति अश्रद्धालु होना हम तुम्हीं से सीखते हैं। इसलिए केशव, सबसे पहले हम लोगों का, इस देश के गरीब और छोटे लोगों का आत्मीय बनना सीखो, उसके बाद उनकी मंगल-कामना करो और तब उनके लड़के-बच्चों को लिखना-पढ़ना सिखाने के लिए जाओ। पहले अपने आचरण और व्यवहार से यह दिखा दो कि तुम पढ़े-लिखे और शिक्षित भद्र लोगों का हमसे अलग कोई स्वतन्त्र दल नहीं है, लिखना-पढ़ना सीखकर भी तुम देश के हलवाहों चरवाहों को नितान्त छोटे और हीन कोटि के लोग नहीं समझते, बल्कि उनपर श्रद्धा करते हो। तभी हमारे मन में दुबका हुआ यह भय दूर होगा कि लिख-पढ़कर हम लोगों के लड़के हमसे अश्रद्धा नहीं करेंगे, अपना दल और अपना समाज छोड़कर जातिगत व्यवसाय और वाणिज्य का परित्याग कर परम्परा से चले आते अपने सब काम-काजों को घता बताकर अलग होने के लिए उन्मुख न हो उठेंगे। जब तक यह नहीं करोगे तब तक मेरे भाई, तुम जन्म-जन्म अविवाहित ही क्यों न रहो, हजार जन्मों तक के लिए व्रत ही क्यों न ले लो, तुम्हारी पाठशाला में छोटे आदमियों के बच्चे नहीं आएंगे, नहीं आएंगे। छोटी जाति के लोग बड़े लोगों से डरेंगे, उनका आदर करेंगे, भक्ति भी करेंगे, किन्तु विश्वास नहीं करेंगे और न उनकी बात सुनेंगे। उनके मन में बैठा यह संशय कभी मिट न सकेगा कि तुम्हारी भलाई और उनकी भलाई कभी एक नहीं हो सकती।"

केशव ने कुछ देर चुप रहने के बाद कहा, "वृन्दावन, जान पड़ता है कि तुम्हारी बात ही ठीक है, लेकिन फिर भी पूछता हूं कि यदि हम दोनों

के बीच पारस्परिक विश्वास का बन्धन ही न रहा, तो हमारे द्वारा किए हुए आत्मीयता के सारे प्रयत्न क्या निष्फल नहीं होंगे? जब तक तुम विश्वाम ही नहीं करोगे, हम कैसे समझाएंगे कि हम तुम्हारे आत्मीय है अथवा पराये? तो इसका उपाय क्या है?"

वृन्दावन ने जवाब दिया, "यह तो मैं पहले ही बतला चूका हूं। उसका उपाय है, आचरण और व्यवहार। रुपये में सोलह के सोलह आना हमारे सभी संस्कारों को यदि तुम शिक्षित लोग कुसंस्कार कहकर भर्त्सना करो, हमारे घर-द्वार, हमारी सांसारिक गतिविधि, रीति-रिवाज और हमारे जीविकोपार्जन के साधन यदि पूर्णतः तुम लोगों से भिन्न हों, तो यह बात कभी भी हमारी समझ में नहीं आएगी कि तुम्हारे द्वारा निर्दिष्ट कल्याण-मार्ग का अवलम्बन करने ये हमारा कल्याण हो ही जाएगा। अच्छा केशव, यह बताओ कि यज्ञोपवीत होने के बाद से तुम सन्ध्या-पूजा करते हो?"

"नहीं करता!"

"जूता पहने हुए ही पानी पी लेते हो?"

"पी लेता हूं।

"मुसलमान के हाथ का बनाया भोजन?"

"कोई पूर्वाग्रह नहीं, खा लेता हूं।"

"तो फिर मैं भी कह सकता हूं कि छोटी जाति के लोगों के बीच पाठशाला खोलकर उनके बालकों को शिक्षा देने का संकल्प निरी विडम्बना है, बल्कि शायद इससे भी अधिक यदि कह दूं तो तुम नाराज हो जाओगे।"

"तुम कहना चाहते हो, धृष्टता?"

"हां, बिलकुल धृष्टता ही। केशव, केवल इच्छा और हृदय रहने से ही दूसरों का भला अथवा देश का काम नहीं किया जा सकता। जिसका भला करना चाहते हो उसके साथ रहने का कष्ट भी सहन करना होगा। यदि बुद्धि-विवेचना एवं धर्म-कर्म में इतने आगे निकल गए, तो फिर न वे तुम्हारे समीप सकेंगे और न तुम उनके समीप ना सकोगे, लेकिन बस, अब और नहीं। इस चर्चा को बन्द करें। सन्ध्या हुई, अब जरा

पाठशाला का काम कर लूं।"

"अच्छा करो, फिर कल सवेरे आऊंगा।" कहकर केशव उठ खड़ा हुआ। वृन्दावन ने धरती पर माथा टेककर उसे प्रणाम किया और उसकी चरण-धूल माथे से लगाई।

गांव में घर होते हुए भी केशव शहर का आदमी था। मित्र के इस व्यवहार से मन ही मन अत्यन्त संकुचित हो उठा। जैसे ही दोनों उतरकर आंगन में आए, विद्यार्थियों ने धरती पर माथा टेककर उन्हें प्रणाम किया।

अपने गुरु भाई को द्वार तक पहुंचाकर वृन्दावन ने धीरे से कहा, "तुम मित्र होने पर भी ब्राह्मण हो, इसलिए तुम्हें अपनी ओर से प्रणाम किया, और सब छात्रों की ओर से भी प्रणाम करता हूं। समझ गए न?"

केशव ने एक लज्जित मुस्कान के साथ कहा, "हां, समझ गया।" तब वह धीरे-धीरे बाहर चला गया।

दूसरे दिन सवेरे ही केशव आ गया और बोला, "भाई वृन्दावन, इसमें मुझे जरा भी सन्देह' नहीं रहा कि तुम यथार्थ में मनुष्य हो।"

वृन्दावन ने हंसकर उत्तर दिया, "मुझे भी नहीं रहा, लेकिन इससे क्या?"

केशव ने कहा, "तुम्हें उपदेश नहीं दूंगा। मेरा वह अहंकार तो कल ही टूट गया। केवल मित्र के नाते सविनय जिज्ञासा करता हूं कि इस गांव में तो तुम शपना धन और समय नष्ट करके बच्चों को पढ़ाते हो, लेकिन और भी कितने ही हजार गांव ऐसे हैं जहां पढ़ाना-लिखाना सिखाने का कोई भी प्रबन्ध नहीं। तो क्या यह काम सरकार के लिए करना उचित नहीं है? वास्तव में यह काम सरकार को ही करना चाहिए।"

वृन्दावन ने हंसकर कहा, "तुम्हारी यह बात तो विद्यार्थियों के तर्क की तरह हुई। किसी अपराध के लिए राधो को मारने जाओ तो वह उसी समय हाथों को ऊंचा करके पुकार उठता है, 'पंडितजी, माधो ने भी किया है।' मानो माधो का दोष दिखा देने से उसका अपना दोष रह ही नहीं

जाएगा। पहले इस देशव्यापी मूढ़ता का प्रायश्चित स्वयं हम तो कर लें, उसके बाद देखा जाएगा कि सरकार करती है या नहीं। अपने कर्त्तव्य को करने से पहले दूसरे के कर्त्तव्य की आलोचना करना पाप है।"

"लेकिन हमारी-तुम्हारी सामर्थ्य ही कितनी! एक छोटे-से गांव की छोटी-सी पाठशाला में थोड़े-से विद्यार्थियों को पढ़ाने से कितना-सा प्रायश्चित होगा?"

वृन्दावन विस्मित होकर एक क्षण देखता रहा, फिर बोला, "नहीं भाई, तुम्हारी यह बात ठीक नहीं। मेरी पाठशाला का एक भी छात्र यदि सही अर्थों में मनुष्य बन सका, तो देश के इन करोड़ों लोगों का उद्धार हो जाएगा। न्यूटन, फैराडे, राममोहन, विद्यासागर ढेर के ढेर तैयार नहीं होते। केशव, इतना ही आशीर्वाद दो कि इस छोटी-सी पाठशाला के एक विद्यार्थी को भी वास्तविक मनुष्य बना हुआ देखकर मरूं। एक बात और भी है। मेरी पाठशाला में शर्त है। यदि कल तुम यहां सन्ध्या के बाद उपस्थित रहते तो देखते कि रोज घर जाने से पहले प्रत्येक विद्यार्थी को यह प्रतिज्ञा करनी होती है कि मैं बड़ा होने पर कम से कम दो बालकों को लिखना-पढ़ना सिखाऊंगा। इस पाठशाला के प्रति पांच बालकों में से एक भी बड़ा होने पर अपने बचपन की प्रतिज्ञा को पूरा कर सका, तो मैंने हिसाब लगाकर देखा है केशव कि बीस वर्ष के बाद देश में एक भी बालक निरक्षर नहीं रह जाएगा।"

केशव ने ठण्डी साँस लेकर कहा, "ओह, कितनी दुरन्त अभिलाषा हैं!"

वृन्दावन बोला, "हां, यह कह सकते हो। दुर्बलता के क्षणों में कभी-कभी मुझे भी आशंका होती है कि यह मात्र दुराशा है, किन्तु वैसे हर समय यही लगता है कि यदि भगवान की कृपादृष्टि हो गई, तो इस आशा को पूर्ण होते देर ही कितनी लगती है!"

केशव ने कहा, "वृन्दावन, आज रात ही चला जाऊंगा, फिर कब भेंट होगी, सो भगवान ही जाने। पत्र लिखने पर उसका उत्तर तो दोगे न?"

"केशव, यह भला कौन-सी बड़ी बात हुई?"

"बड़ी बात भी है, बताता हूं। यदि कभी मित्र की आवश्यकता हुई, तो मुझे याद करोगे न?"

"अवश्य करूंगा।" कहकर वृन्दावन नीचे झुका और केशव के चरणों की धूल को माथे से लगा लिया।

ग्यारह

ठाकुरजी के झूले का उत्सव वृन्दावन की मां प्रतिवर्ष बड़ी धूमधाम से मनाया करती हैं। कल ही वह उत्सव सम्पन्न हुआ। अत्यधिक थका हुआ होने के कारण वृन्दावन आज दिन चढ़े तक सोया रहा। सहसा उसकी मां ने कमरे के बाहर खड़े होकर पुकारा, "वृन्दावन, बेटा, जरा उठकर आना तो।"

जननी के व्याकुल कण्ठ की पुकार सुनी तो वृन्दावन हड़बड़ाकर उठ बैठा और बोला, "क्यों मां, क्या है?"

माँ दरवाजा ठेलकर भीतर आ गई और बोली, "मैं तो पहचानती नहीं हूं बेटा, तेरी पाठशाला का एक विद्यार्थी बाहर बैठा जोर-जोर से रो रहा है। उसके बाप को कै और दस्त हो रहे हैं और वह उठकर बैठ नहीं सकता।"

वृन्दावन दौड़ता हुआ बाहर पहुंचा। उसे देखते ही शिबू ग्वाले का बेटा धाड़ें मारकर चीत्कार कर उठा, "पंडितजी, मेरे बापू न आंख खोल कर देखते हैं, न मुंह से कुछ बोलते हैं।"

वृन्दावन ने बड़े स्नेह से उसकी आंखों के आंसू पोंछे, उसे दिलासा दिया और तब हाथ पकड़े उसके घर के आंगन में जा खड़ा हुआ।

उस समय शिबू अपने जीवन की अन्तिम घड़ियां गिन रहा था। प्रतिवर्ष इन्हीं दिनों हैजा फैलता है। इस वर्ष शिबू इस महामारी का पहला शिकार हुआ था। कल रात ही वह रोगाक्रान्त हुआ था और बिना

चिकित्सा के अभी तक टिका हुआ था। वृन्दावन के वहां पहुंचने के कोई घण्टा-भर बाद उसने दम तोड़ दिया।

बंगाल के प्रायः सभी गांवों में कोई न कोई ऐसा व्यक्ति अवश्य होता था, जो अपने-आप थोड़ा-बहुत पढ़ और सीख-साखकर डॉक्टर बन जाता। इस गांव में भी एक व्यक्ति गोपाल डॉक्टर है। कल रात उनको बुलाया गया। यह सुनते ही कि हैजा है, उन्होंने दो रुपये नकद फीस मांगी। अपने लम्बे अनुभव के फलस्वरूप गोपाल डॉक्टर यह बात बहुत अच्छी तरह जानते हैं कि इस रोग में उधार इलाज करने पर छोटे लोग उनकी दवाई खाकर दूसरे दिन फीस चुकाने के लिए जीवित नहीं रहते। शिव की पत्नी इतनी रात नकद रुपयों का प्रबन्ध नहीं कर सकी, केवल नमकीन पानी पिलाकर उसने अपने स्वामी की चिकित्सा का अन्तिम समाधान अर्जित किया और रात-भर उसके सिरहाने बैठी शीतला माता की कृपादृष्टि के लिए प्रार्थना करती रही। उसके बाद सवेरे यह सब हुआ।

वृन्दावन बड़ा आदमी है। इस गांव के सब लोग उसे मानते और इज्जत करते हैं। मृत पति का अन्तिम संस्कार करा देने के लिए शिबू की सद्य-विधवा उसके पांव पकडकर रो उठी। शिबू की कुल जमा सम्पत्ति थी, भूखे और अधभूखे से सूखे हुए दो हाथ और मरियल-सी दो गायें। उन्हीं गायों में से एक को बन्धक रखकर इस विपत्ति से उद्धार पाने का उपाय करना होगा।

वृन्दावन ने अपने जीवन में, किसी की कोई भी वस्तु बन्धक रखे बिना ही अनेक लोगों की अत्येष्टि क्रियाएं करवाई हैं। शिबू का भी क्रिया-कर्म करवाकर दोपहर के बाद वह घर लौटा।

सांझ हो गई है। अभी तक वृन्दावन ड्यौढ़ी के बरामदे में एक चटाई बिछाए आंखें मूंदें सोया पड़ा है। सहसा किसी के पैरों की आहट पाकर उसने आंखें खोलीं तो अपने सामने मृत शिबू के उसी लड़के को खड़ा पाया।

"ओ रे षष्ठीचरण, बैठ।" कहकर वृन्दावन उठ बैठा।

लड़का दो-एक बार होंठ हिलाकर और 'पंडितजी' कहकर रो पड़ा।

जब वृन्दावन ने करुणार्द्र होकर उस सद्य:पितृविहीन बालक को

अपने पास खींच लिया, तो उसने रोते-रोते कहा, "पंडितजी, किशन को भी कै हो रही हैं।"

किशन उसका छोटा भाई है। कभी-कभी वह भी अपने भाई के साथ पढ़ने के लिए पाठशाला में आया करता है।

आज रात गोपाल डॉक्टर बिना फीस लिए ही वृन्दावन के साथ किशन को देखने गए। उन्होंने उसकी नाड़ी देखी, जीभ भी देखी, दवाई भी दी, परन्तु हठी किशन ने न अपनी मां के छाती फाड़नेवाले रोने की ओर ध्यान दिया, न डॉक्टर महोदय की मर्यादा का ही कोई ख्याल किया और सवेरा होने से पहले ही गोपाल डॉक्टर के विश्वविख्यात यशस्वी हाथ को कलंकित करके अपने बापू के पास चला गया।

मृत पुत्र को गोद में लिए सद्य:-विधवा माता का मर्मान्तक विलाप वृन्दावन के कलेजे को चीरने लगा। वह बाप है, उसके भी एक पुत्र है। पुत्र के प्रेम और पीड़ा को वह जानता है। किशन की मां का विलाप उससे सहा न गया। वह दौड़कर घर आया और चरण को जोर से छाती के साथ चिपटाकर रोने लगा। उसने मन-ही-मन बार-बार प्रार्थना की, हैं भगवान! मनुष्य को उसके अपराध के लिए और जो चाहे दण्ड देना, पर यह दण्ड कभी मत देना।' पता नहीं, जगदीश्वर उसकी इस प्रार्थना को सुन सके या नहीं, परन्तु स्वयं उसने तो निःसंशय रूप से इस बात को अनुभव किया कि इस आघात को सहने की शक्ति और किसी में भले ही हो, उसमें तो नहीं ही है।

इसके बाद दो-तीन दिन निर्विघ्न बीत गए। तीसरे दिन सुना गया कि उसके पड़ोसी रसिक हलवाई की पत्नी हैजे की चपेट में आकर अब-तब की मेहमान है।

वृन्दावन की मां देखने के लिए गई थीं। दस बजे के लगभग वे आंसू पौंछती हुई घर लौटीं। उसके कोई घण्टे-भर बाद आर्त क्रन्दन और करुण चीत्कार सुनकर पता चला कि रसिक की पत्नी छोटे-छोटे चार-पांच बच्चो को छोड़कर स्वर्ग सिधार गई।

अब तो गांव में महामारी जोरों से फूट पड़ी। जिन्हें भागकर जाने को कहीं और थी, वे भाग गए, लेकिन अधिकांश को कहीं ठौर नहीं थी।

उन्होंने डरे हुए सूखे चेहरों से साहस का डौल करके कहा, "सब कुछ दाना-पानी खुटने की बात है, वह खत्म हो गया, तो जाना ही पड़ेगा। भागकर क्या होगा?"

वृन्दावन के घर के सामने ही गांव का बड़ा रास्ता है। वहां से जब तब 'राम नाम सत्य है' की ध्वनि से पता चलने लगा कि उनमें से अधिक-तर लोगों का दाना-पानी खत्म होता जा रहा है।

पास-पड़ोस के गांवों से भी दो-चार आदिमयों के मरने की खबर आने लगी, परन्तु बाड़ल गांव की स्थिति तो दिनोंदिन भीषण से भीषण-तर होती गई। इसका मुख्य कारण यह था कि और सब बातों में गांव की अवस्था अच्छी होने पर भी यहां पीने के पानी की कोई सुचारु व्यवस्था नहीं था।

नदी तो थी ही नहीं। पहले जो दो-चार अच्छे पोखर थे वे भी सफाई के अभाव में अब बिलकुल खराब हो गए थे। और उनका पानी काम में लाने योग्य नहीं रह गया था और मजा यह कि उनकी दुर्दशा की ओर किसी का ध्यान भी नहीं जाता था। प्रायः सभी ग्रामवासियों का यह विश्वास था कि जब तक पानी में प्यास बुझाने और भोजन पकाने की क्षमता रहे, उसके भले या बुरे होने की ओर ध्यान देने की कोई आव-श्यकता नहीं।

इधर एक गोपाल डॉक्टर को छोड़ और कोई चिकित्सक भी नहीं उन्हें गरीबों के यहां जाने का समय नहीं मिलता और महामारी दिन प्रतिदिन उग्ररूप धारण करती जा रही थी। धीरे-धीरे हालात यहां तक बिगड़ी कि दवा और पथ्य की बात तो दूर रही, मृतकों का अन्तिम संस्कार करना भी दुःसाध्य हो गया।

लेकिन वृन्दावन का मुहल्ला अब भी निरापद था। एक रसिक की पत्नी की मृत्यु को छोड़ इन पांच-सात घरों में अभी तक मृत्यु का प्रवेश नहीं हुआ था।

वृन्दावन के पिता स्वयं अपने उपयोग के लिए जो पोखरा खुदवा गए थे, उसका पानी अभी तक खराब नहीं हुआ था। वृन्दावन के पड़ोसी उस पानी का उपयोग करके ही शायद अब तक मृत्यु से बचे हुए थे।

लेकिन वृन्दावन के प्राण मारे चिन्ता के रोज सूखने लगे। जब-जब बेटे के मुँह की ओर देखता, उसकी छाती जोरों से धड़क उठती। बार-बार मन में यही बात आती कि पिता-पुत्र के बीच कोई अलक्ष्य, अभेद्य बाधा गहन से गहनतर होती जा रही है। उसमें अब वह साहस नहीं रहा। रोग और मृत्यु का नाम सुनते ही वह कांप उठता है। कोई बुलाने आता है, तो जाता अवश्य है, पर कदम इस प्रकार पड़ते हैं, जैसे कोई अपराधी अदालत की ओर जा रहा हो। केवल बहुत दिनों का अभ्यास ही जैसे उसे बांधकर खींचे लिए जाता हो। मृत देह की अन्त्येष्टि करके घर लौटता है, तो चरण को अपने पास बुलाते और उसके शरीर का स्पर्श करते हुए उसका सर्वांग कांप उठता है। केवल मन में यही बात उठती रहती है कि अज्ञात रूप से संक्रामक रोग का कोई बीज में अपने बेटे के शरीर में आरोपित कर रहा हूं। दिन-भर उसे यही चिन्ता बनी रहती है कि चरण को किस प्रकार बाहर के सारे सम्पर्कों और बीमारियों से बचाकर ओट में रखे।

पाठशाला अपने-आप बन्द हो गई है। चरण के मुंह की ओर देखने की अपेक्षा यह उसके लिए अधिक कष्टकर नहीं है। इधर कुछ दिनों से चरण को खिलाने-पिलाने, पहनने-सुलाने आदि का सारा काम उसने अपने हाथ में ले लिया है, मानो इस विषय में उसे अपनी मां पर भी पूरा-पूरा विश्वास नहीं रहा। ऐसे में एक दिन उसने अपनी मां के मुंह से सुना कि उनके पड़ोसी मुखोपाध्याय के छोटे लड़के को हैजा हो गया है। यह समाचार सुनते ही वृन्दावन का मुंह काला पड़ गया। इसे लक्ष्य करके मां ने कहा, "बस बेटा, अब नहीं। तुम चरण को लेकर कहीं बाहर चले जाओ।"

वृन्दावन की आँखों में आंसू छलछला आए। उसने कहा, "मां, तुम भी चलो।"

मां ने चकित होकर कहा, "अपने ठाकुर जी को छोड़कर?"

"पुरोहितजी पर देवता की सेवा-पूजा का भार छोड़ चलो।"

मां ने और भी अधिक विस्मित होकर कहा, "अपने देवता की सेवा का भार दूसरे पर छोड़ दूं और स्वयं भाग जाऊं?"

वृन्दावन लज्जित होता हुआ बोला, "नहीं मां, यह भार तुम पर ही रहेगा। केवल दो दिन बाद लौट आकर फिर संभाल लेना।"

मां ने दृढ़तापूर्वक सिर हिलाकर कहा, "नहीं वृन्दावन, यह नहीं होगा। मेरी सास यह भार मुझे सौंप गई हैं। मैं भी यदि कभी किसी को भार दे सकूँगी, तो दे दूंगी, नहीं तो यह मेरे ही ऊपर रहेगा, किन्तु तुम लोग चले जाओ।"

वृन्दावन उद्विग्न हो उठा और बोला, "इस समय तुम्हें अकेला कैसे छोड़ा जा सकता है मां? मान लो यदि···।"

मां को हंसी आ गई। वे बोली, "वह तो बहुत अच्छी बात होगी बेटा, मैं यही समझूंगी कि मेरा काम समाप्त हुआ और भगवान अपना भार दूसरे को देना चाहते हैं। मानती हैं कि ईश्वर ऐसा ही करें। मेरा आशीर्वाद लेकर तुम लोग निर्भय होकर जाओ। मैं अपने ठाकुर-गृह को लेकर स्वतन्त्रता से रह सकेंगी।"

मां का यह अविचलित कण्ठ-स्वर सुना, तो वृन्दावन की कहीं भाग जाने की सारी आशा निरोहित हो गई। कुछ देर तक सोचते रहने के बाद उसने भी दृढ़ स्वर में कहा, 'अगर ऐसी बात है, तो फिर मैं भी कहीं नहीं जाऊंगा। तुम्हारे ठाकुरजी हैं, तो मेरे भी मां है। अपने लिए मुझे इतना डर नहीं है मां, केवल चरण के मुंह की ओर देखकर ही यहां रहने को मन नहीं करता, लेकिन जब यहां से जाना किसी तरह हो ही नहीं सकता, तो आज उसे भगवान के चरणों में सौंपकर निश्चिन्त और निर्भय होकर रहूंगा। अब आज से तुम मुझे उदास और चिन्तित नहीं पाओगी।"

तारिणी मुखोपाध्याय का छोटा लड़का मर गया। दूसरे दिन सवेरें वृन्दावन किसी काम से उधर निकला, तो देखा कि उसके पोखरे पर एक औरत कपड़े धो रही है। कुछ धो चुकी है और कुछ बाकी हैं। उन कपड़ों की दशा देखकर ही वृन्दावन के प्राण कांप उठे। समीप जाकर रोषपूर्वक बोला, "मुर्दे के कपड़े आप यहां क्यों धो रही हैं?"

औरत ने घूंघट के अन्दर से क्या कहा, इसे वृन्दावन समझ नहीं सका। वह बोला, "जो अनर्थ कर चुकी हो उसका तो कोई उपाय नहीं, पर अब मत धोओ, उठ जाओ।"

वह धुले और बेधुले कपड़ों को समेटकर वहां से चली गई।

वृन्दावन पानी की ओर देखता हुआ थोड़ी देर स्तम्भित-सा खड़ा रहा। उसके बाद जब वह वहां से चलने को हुआ, तो देखा कि तारिणी जल्दी-जल्दी कदम रखता हुआ उसी ओर को चला आ रहा है। एक तो पुत्र-शोक और ऊपर से यह अपमान। आते ही पागलों की भांति आंखें निकालकर और मुंह बिगाड़ कर बोला, "तुमने मेरे घर के लोगों को पोखरे में नहाने क्यों नहीं दिया?"

वृन्दावन ने कहा, "नहीं तो, मैंने तो मैले कपड़े धोने से मना किया हैं।"

तारिणी चिल्ला उठा, "तो कहां धोने जाएं? रहें बाड़ल में और घोने जाएं वैद्यवारी में? नाश हो जाएगा वृन्दावन, तेरा नाश हो जायेगा। छोटे आदमी होकर पैसों के घमण्ड पर ब्राह्मण को कष्ट दोगे तो निर्वंश हो जाओगे।"

सुनते ही वृन्दावन की छाती दहल उठी, लेकिन चिल्लाना और लड़ाई-झगड़ा करना उसके स्वभाव में ही नहीं था। किसी तरह अपने को संभालकर शान्त भाव से बोला, "मेरे अकेले का नाश हो जाए, तो कोई चिन्ता नहीं, लेकिन आपने तो सारे मुहल्ले को नष्ट करने का उपाय कर दिया है। गांव तो उजड़ ही गया है, एक यह मुहल्ला बचा था, सो इसे भी आप बचा नहीं रहने देंगे क्या?"

ब्राह्मण ने उद्दण्ड होकर पूछा, "लोगों ने हमेशा तालाब में नहीं तो क्या तुम्हारे सिर पर कपड़े धोए हैं?"

वृन्दावन ने दृढ़तापूर्वक कहा, "यह पोखरा मेरा है। यदि आप नहीं मानेंगे, तो मैं आपके घर के किसी भी आदमी को पोखरे में उतरने नहीं दूंगा।"

"नहीं उतरने दोगे, तो फिर बतायो हम लोग जाएंगे कहां?"

वृन्दावन ने कहा, "यहां से आप केवल पीने और उपयोग के लिए पानी ले सकेंगे। यदि कपडे धोने हों, तो गांव के बाहरवाली तलैया में जाकर धोइए।"

तारिणी में मुंह बिगाड़कर कहा, "छोटे मुंह इतनी बड़ी बात! तेरे

कहने से औरतें गांव के बाहर कपड़े धोने जाएंगी? घमण्ड न कर विपत्ति अकेले हमीं पर नहीं आई है, तेरे ऊपर भी आएगी।"

वृन्दावन ने पहले जैसी ही शान्ति और दृढ़ता से जवाब दिया, "मैं औरतों के जाने की बात नहीं करता। यदि आपके घर में दासीचाकर नहीं हैं, तो आप मर्द हैं, स्वयं जाकर धो लाइए। आप इस समय शोक से कातर हो रहे हैं, ऐसे में कोई कड़ी बात मैं आपसे कहना नहीं चाहता; लेकिन हजारों शाप देने पर भी मैं आपको पोखरे का पानी खराब नहीं करने दूंगा।" यह कहकर वृन्दावन तर्क-वितर्क किए बिना अपने घर लोट आया।

कोई दस मिनट बाद घोषाल महाशय आ धमके और दरवाजे पर खड़े होकर जोर-जोर से पुकारने लगे। ये सज्जन तारिणी के सम्बन्धी थे। जैसे ही वृन्दावन बाहर आया, उन्होंने शिकायतों का दफ्तर खोल दिया, "हां, भाई वृन्दावन, हम सब लोग तुम्हें बड़ा भला लड़का समझते हैं, फिर तुम्हारा यह कैसा व्यवहार है? ब्राह्मण बेचारा पुत्र-शोक में मरा जा रहा है और ऊपर से तुमने पोखर बन्द कर दिया?"

वृन्दावन ने कहा, "मैंने तो मैले कपड़े धोने से रोका है, पानी ले जाने से थोड़े ही रोका है।"

''यह तुमने अच्छा नहीं किया भैया, अच्छा, मैं उससे कहे देता हूं, वह तुम्हारी बात मान ले और घाट पर न धोकर अलग हटकर धो लिया करे।"

वृन्दावन ने जवाब दिया, "एक यही पोखरा सारे गांव का सहारा है। कुछ भी क्यों न हो जाए, मैं किसी भी तरह इन बुरे दिनों में इसका पानी खराब नहीं होने दूँगा।"

घोषाल महाशय ने कुपित होकर कहा, "यह तुम्हारी फालतू की जिद है वृन्दावन, जिस पोखरे की शास्त्रानुसार प्रतिष्ठा की गई हो, उसका पानी किसी भी तरह अपवित्र अथवा कलुषित नहीं होता। दो पोथी पढ़कर शास्त्रों पर विश्वास नहीं करने से चलेगा कैसे भैया?'

एक ही बात को बार-बार दोहराते हुए वृन्दावन थक गया था। उसने विरक्त होकर कहा, "शास्त्रों पर मैं विश्वास करता है, परन्तु आपके

मनगढ़न्त शास्त्रों को मैं नहीं मानता। जो मैंने कह दिया है, वही होगा। मैं उस पानी में मैले कपड़े धोने नहीं दूँगा। लोग तो मुर्दे के कपड़े जला डालते हैं, लेकिन यदि आपसे उनकी माया छोड़ी नहीं जाती, तो गांव के बाहरवाली तलैया में जाकर धो लाइए। मेरे पोखरे में यह सब काम नहीं हो पायेगा।" यह कहकर वृन्दावन घर के अन्दर चला गया।

शास्त्र-ज्ञानी घोषाल महाशय भी वृन्दावन के सर्वनाश की कामना करते हुए अपने घर चले गए।

परन्तु वृन्दावन जानता था कि इन लोगों का कोई ठिकाना नहीं और ये मानेंगे नहीं, इसलिए एक आदमी को पोखर पर पहरा देने के लिए भेज दिया। सारा दिन तो निर्विघ्न बीत गया, लेकिन शाम को उस आदमी ने आकर सूचना दी कि पोखर में कपड़े धोए जा रहे हैं और तारिणी मुखोपाध्याय किसी तरह मानता ही नहीं। वृन्दावन लपका हुआ पोखरे पर पहुंचा। देखा तो तारिणी की विधवा बेटी तकिये का गिलाफ, बिस्तरे की चादर और दूसरे बहुत-से छोटे-बड़े कपड़े पोखरे के पानी में धोकर पीनी के अन्दर ही निचोड़ रही है और तारिणी स्वयं खड़ा हुआ है।

बारह

दूसरे दिन सवेरे ही वृन्दावन ने मां के आदेशानुसार चरण को अपने पास बुलाकर पूछा, "क्यों रे चरण, अपनी मां के पास जाएगा?" चरण मारे प्रसन्नता के नाच उठा और बोला, "हां, पिताजी; जाऊंगा।"

वृन्दावन मन ही मन एक आघात पाकर बोला, "लेकिन वहां जाकर तुझे बहुत दिनों तक रहना भी होगा। रह सकेगा हमारे बिना?"

चरण ने तुरन्त सिर हिलाकर कहा, "हां, पिताजी, रह सकूँगा।"

वास्तव में इन दिनों जितनी रोक-टोक की जाती थी, जितनी कड़ाई बरती जाती थी, उस सबके कारण चरण तंग आ गया था। वह बाहर खेलने-कूदने नहीं जा पाता था, पाठशाला बंद हो गई थी, संगी-साथियों की शक्ल तक देखने को न मिलती थी। दिन-रात का सारा समय उसे घर में ही बन्द रहना पड़ता था। चारों ओर एक प्रकार का आतंक-सा छाया-हुआ था। क्या बात है, यह तो अच्छी तरह समझ नहीं पाता था, फिर भी मन ही मन एक व्याकुलता उसे घेरे हुए थी। इधर तो ये बातें थीं और वहां था मां का अगाध स्नेह, बाधाहीन स्वाधीनता, नहाने, खाने, खेल-कूद, किसी भी बात में कोई रोक-टोक नहीं। हजार अपराध करने पर भी मां जरा-हंस कर स्नेह-भरा उलाहना दे देती, वह उसी समय घर से बाहर निकलने के लिए छटपटाने लगा।

"अच्छा तो फिर जाओ।" कहकर वृन्दावन ने अपने हाथों टीन

के एक छोटे-से बक्स में उसके पहनने के कपड़-लत्ते भरे और साथ ही उसमें कुछ रुपये भी रख दिए, फिर बक्स को गाड़ी पर रख दिया। सजल नयन अपने लड़के का मुंह चूमकर उसे उसकी मां के यहां रवाना कर दिया। पुत्र-बिछोह के उस दुःख में भी वृन्दावन ने निश्चितता की सांस ली। जो नौकर चरण के साथ जा रहा था उसे लड़के पर बराबर सतर्क दृष्टि रखने के लिए कहा और यह भी समझा दिया कि रोज न सही, एक दिन के अन्तर से तो अवश्य कुशल-समाचार पहुंचा जाया करे। अन्त में वृन्दावन ने मन ही मन कहा, 'चाहे फिर कभी न देख सकूं, तो भी कोई हर्ज नहीं, लेकिन इस विपत्ति के बीच तो उसे यहां रख नहीं सकता।'

गाड़ी जब तक दिखाई दी, वृन्दावन टकटकी लगाए उसी ओर देखता रहा, जब आंखों से ओझल हो गई, तो घर के अन्दर आकर कुछ देर इधर-उधर मन बहलाने का प्रयत्न किया। सहसा उसे उस दिन की बात याद हो आई और वह डरा कि कुसुम बाद में कहीं नाराज न हो। मन ही मन बोला, 'नहीं, यह काम ठीक नहीं हुआ। ऐसी हठी और क्रोधी औरत का क्या भरोसा! मैं साथ नहीं गया, इसलिए सारी बात का उलटा ही अर्थ लगाकर कहीं वह आग-बबूला न हो उठे। यह सोचकर उसने चादर कन्धे पर डाली और तेजी से चलता हुआ गाड़ी के पास पहुंच उसपर सवार हो लड़के के पास बैठ गया।

कुंजनाथ के घर के समीप पहुंचकर बाहर से ही घर के रंग-ढंग देखकर वृन्दावन चकित हो गया। चारों ओर इतना कूड़ा-कर्कट जमा हो गया था और ऐसा सूना-सूना लग रहा था मानो भीतर कोई रहता ही न हो। दरवाजा खोलकर लड़के को लिए हुए अन्दर प्रवेश किया तो वहां भी यही हालत दिखाई दी।

आहट पाकर कुसुम जैसे ही 'भैया' कहती हुई बाहर आई, तो अकस्मात् इन लोगों को देखकर ईर्ष्या और अभिमान से जल उठी। वह उसो क्षण अन्दर चली गई। चरण पहले की तरह अत्यधिक आनन्द से किलकारियां लगाता हुआ दौड़कर उससे लिपट गया। उसे गोद में उठा, सिर का आंचल संभालकर कोई पांचेक मिनट बाद वह पुनः दरवाजे की चौखट के पास आ खड़ी हुई।

वृन्दावन ने पूछा, "कुंज दादा कहां हैं?"

"पता नहीं, घूमने-घामने गए हैं।"

वृन्दावन ने कहा, "देखने से ऐसा लगता है मानो यहां कोई रहता ही नहीं। क्या तुम लोग कुछ दिन से यहां नहीं थे?"

"नहीं।"

"कहां थे?"

कोई एक महीना हुआ, कुसुम अपने भैया की सास के साथ पश्चिम की ओर तीर्थ यात्रा पर चली गई थी। अभी कल शाम ही लौटकर आई है।

लेकिन यह न बतलाकर उसने अवज्ञापूर्वक कहा, "यहां-वहां कोई जगह थीं।"

पहले वृन्दावन के आने पर कुसुम सबसे पहले उसके बैठने के लिए आसन बिछा दिया करती थी। इस बार जब उसने आसन नहीं दिया, तो वृन्दावन ने स्वयं ही वहा, "बड़ा हूं, बैठने के लिए आसन तो दो।"

कुसुम ने उसी प्रकार अवज्ञापूर्वक कहा, "पता नहीं, आसन-वासन जाने कहां पड़ा है!" यह कहकर वह उसी तरह खड़ी रही, अपनी जगह से एक कदम भी नहीं हिली।

वृन्दावन वैसे तो तैयार होकर ही आया था। जानता था कि कुसुम का रोष, अवज्ञा, अवहेलना मिलेगी, फिर भी इतने भारी अपमानजनक व्यवहार ने उसके हृदय को कड़ी चोट पहुंचाई, किन्तु उस दिन उत्तेजित होकर कलह कर बैठने की गलती उसे याद थी। आज वैसा कुछ भी न करने का उसका निश्चय था। इसलिए थोड़ी देर चुप रहने के बाद बहुत ही नम्रतापूर्वक उसने कहा, "मैं तुम्हें ज्यादा देर कष्ट नहीं दूंगा। जिस काम के लिए आया हूं, वह बतलाता है। हमारे गाँव में जोर की बीमारी फैली है, इसलिए मैं चरण को तुम्हारे पास छोड़ जाऊंगा।"

कुसुम इतने दिनों से यहां थी नहीं। बीमारी-सीमारी का अर्थ ठीक से उसकी समझ में नहीं आया। तीव्र अभिमान से भभककर बोली, "ओह तो इसीलिए दया करके ने आए हो? किन्तु बीमारी-सीमारी, दुःख तकलीफ कहां नहीं है? और फिर मैं पराये लड़के की जिम्मेदारी किस

साहस से अपने सिर पर ओढ़ लूं?"

वृन्दावन ने शान्तिपूर्वक कहा, "जिस साहस से मैं अपने सिर ओढ़ता हूं, ठीक उसी तरह; और फिर सबसे अधिक वह तुम्हीं को चाहता है।"

कुसुम कुछ और भी कहने जा रही थी, लेकिन चरण ने अपने हाथ से उसका मुंह अपने मुंह के पास खींचकर कहा, "मां, पिताजी कहते हैं कि मैं तुम्हारे पास रहूंगा। नहाने चलोगी न मां?"

इसके उत्तर में कुसुम ने वृन्दावन को सुनाकर कहा, "नहीं, मेरे पास रहन की कोई जरूरत नहीं है चरण, तुम्हारी जो नई मां आए, उसी के पास रहना।"

वृन्दावन ने बहुत ही म्लान हंसी-हंसकर कहा, "अच्छा, तो यह भी सुन लिया है। अब मैं ही सब बताए देता हूं। अकेली मां से गृहस्थी का बोझा उठाया नहीं जाता, इसलिए बीच में एक बार यह बात उठी थी, परन्तु फिर वहीं की वहीं रुक भी गई।"

'रुक क्यों गई?"

"उसका एक विशेष कारण है, किन्तु उस बात से अब क्या लेना है! चरण, आओ बेटा, हमें जाना है, देर हो रही है।"

चरण ने अनुनय करते हुए कहा, "पिताजी, कल जाऊंगा।"

वृन्दावन चुप रह गया। कुसुम भी-कुछ न बोली, उसने चरण को चुपचाप अपनी गोद से नीचे उतार दिया। दो-एक मिनट बाद वृन्दावन ने गम्भीर स्वर में कहा, "और देर मत करो बेटा।" और इतना कहकर वह धीरे-धीरे बाहर चला गया।

चरण वैसे तो बड़े लाड़-प्यार में पला था, लेकिन वह जिद्दी नहीं था, बड़ों को आज्ञा का पालन करना उसने सीखा था। मां के मुंह की ओर एक बार प्यासी दृष्टि से देखकर उदास मुंह से वह धीरे-धीरे और चुपचाप अपने पिता के पीछे-पीछे चलता हुआ बाहर आ गया।

गाड़ीवान बैलों को पानी पिलाने ले गया था। पिता-पुत्र उसके लौट आने की प्रतीक्षा में रास्ते पर खड़े रहे। अब कुसुम वहां से हटकर थोड़ा

आगे बढ़ी और सदर दरवाजे की ओट से पति के चेहरे की ओर देखा, तो चौंक पड़ी। अब उनमें वह लावण्य नहीं रह गया था। चेहरा-मुहरा बहत ही दुबला और पीला पड़ गया था, आंखें गड़हों में धंस गई थीं। यह देखकर वह अपने-आपको संभाल न सकी और ओट में से ही सहसा पुकार उठी, "जरा सुनो तो!"

वृन्दावन ने समीप आकर पूछा, "क्या है?"

"क्या तुम इस बीच बीमार थे?"

"नहीं तो!"

"तो इस तरह दुबले क्यों हो गए? बीमार जैसे क्यों लग रहे हो?"

"सो तो कह नहीं सकता। शायद बहुत चिन्ता के कारण दुबला दिखाई देता होऊंगा।"

चिन्ता! स्वामी के दुबले चेहरे को देखकर कुसुम का गुस्सा कुछ कम हो चला था, लेकिन चिन्ता की बात सुनकर वह पुन: भभक उठी, बोली, "तुम्हें तो सोलहों आने सुख है, फिर चिन्ता किस बात की, जरा मैं भी तो सुनूँ?"

वृन्दावन ने इस बात का कोई जवाब नहीं दिया। जब गाड़ी तैयार हो गई और चरण उसपर चढ़ने लगा, तो वृन्दावन ने कहा, "क्यों रे, अपनी माँ को प्रणाम नहीं कर आया?"

वह नीचे उतर आया और दरवाजे के आगे माथा टेककर प्रणाम किया। कुसुम ने व्यग्र होकर हाथ बढ़ाया कि पकड़ ले, लेकिन वह छिटक-कर भाग गया। सब बातें न सकझकर भी वह इतना तो समझ ही गया था कि मां ने आज उसका आदर नहीं किया, वह रहने के लिए आया था, लेकिन मां ने उसे रखा नहीं।

वृन्दावन कुछ और पास खिसक आया और गला भारी करके बोला, "पता नहीं, आगे कभी कह पाऊंगा या नहीं, इसलिए आज ही कहे जाता हूं। आज तो तुमने क्रोध के मारे अपने चरण को जगह नहीं दी, लेकिन मेरे न रहने पर अवश्य देना।"

कुसुम व्यथित हो उठी। उसने बाधा देते हुए कहा, "मैं यह सब बातें नहीं सुनाना चाहती।"

"फिर भी सुन लो। आज इसे तुम्हारे हाथों में सौंपने के लिए ही आया था।"

"तुमको मेरा विश्वास ही कब है?"

वृन्दावन की आंखें छलछला आईं। बोला, 'फिर वही क्रोध की बात! कुसुम, सुना है, तुमने बहुत कुछ सीखा है, लेकिन स्त्री के लिए क्षमा करने की जो सबसे बड़ी सीख है, उसे तुमने क्यों नहीं सीखा? तुम चरण की मां हो, यही मेरा विश्वास है। बच्चे को मां के हाथ में सौंपते विश्वास न होगा, तो बताओ फिर किस पर होगा?"

कुसुम को सहसा कोई जवाब सुझाई नहीं दिया।

बैल लौटने के लिए उतावले हो रहे थे। चरण ने पुकारा, "पिताजी आइए न!"

कुसुम के कुछ कहने से पहले ही वृन्दावन 'जाता हूं' कहकर गाड़ी में बैठ गया।

कुसुम वहीं बैठ गई और अपनी स्वर्गवासिनी मां को सम्बोधित कर आहत अभिमान से भरे स्वर में बोली, "मां होकर भी हाथ, तुम अपनी सन्तान के साथ यह कैसी घोर शत्रुता कर गई हो! यदि सच हो मेरे अनजाने तुम मुझे कलंक में डुबो गई हो, यदि वास्तव में तुम अपने घृणित दर्द की वेदी पर मुझे बलि चढ़ा गई हो, तो यह सब मुझे साफ-साफ कह क्यों नहीं गई? मेरा अन्तर्यामी जिन्हें अपने पति-पुत्र के रूप में पहचान गया है, यह बात सारे संसार के सामने प्रमाणित करने के लिए तुम रेखा बराबर मार्ग भी क्यों नहीं छोड़ गई? आज यदि वह सब होता तो कौन इस प्रकार मेरा परित्याग करता? कौन निर्लज्ज पति अपनी ही पत्नी को अनाथिनी की भांति अपने आश्रय में आने के लिए उपदेश देने का साहस करता? अथवा यदि मैं सच ही विधवा हूं, तो इस बात को क्यों निःसंशय रूप से जान नहीं पाती, क्यों मेरा मन इस तथ्य को असंदिग्ध

रूप में स्वीकार नहीं करता? अगर ऐसा होता, तो फिर किस की मजाल थी कि विधवा के सामने रूप के लोभ में पड़कर विधवा से विवाह करने के प्रसंग को छेड़ता?

एक ही स्थान पर एक ही तरह बैठे-बैठे कुसुम बहुत देर रोती रही, फिर आकाश की ओर आंखे उठा और हाथ जोड़कर बोली, "हे भगवान, मेरा कोई न कोई निस्तार कर दो! या तो मुझे गर्व से सिर उठाकर पति के घर जाने दो, या बचपन के मेरे उन निश्चिन्त और बिना विघ्न-बाधा के दिनों को लौटा दो, जिससे मैं सुख की सांस तो ले सकूँ!"

तेरह

स्वामी फिर से विवाह कर रहे हैं, यह बात उस दिन भाई के मुंह से सुनकर कुसुम इतनी उद्विग्न हो उठी कि मारे चिन्ता के सोच भी नहीं पाई कि क्या करे और कहां भाग जाए! ऐसी मनोदशा में जब भाई की सास के साथ तीर्थयात्रा का प्रस्ताव उसके आगे किया गया, तो उसने उसे बिना कुछ कहे-सुने चुपचाप स्वीकार कर लिया और जाने को तैयार हो गई। कुंज की सास कुसुम को अपने साथ बिलकुल दासी की तरह ले गई थी और उसके साथ व्यवहार भी ठीक एक दासी की तरह किया गया, किन्तु इन सब छोटी और क्षुद्र बातों की ओर ध्यान देने की सामर्थ्य उस समय कुसुम की थी नहीं।

जब यात्रा से लौटकर वह नलडांगा आई और कुसुम ने अपने घर जाना चाहा, तो कुंज की सास ने सांप की तरह फुफ़कारकर कहा, "पागलों की सी बात मत करो बेटी, हम लोग ठहरे बड़े आदमी, कदम-कदम पर हमारे दुश्मन हैं और तुम ठहरी जवान औरत, अगर वहां अकेली पड़ी रहोगी, तो हम समाज में मुंह नहीं दिखा सकेंगे!"

कुसुम ने इस बात का कोई प्रतिवाद नहीं किया।

थोड़ी देर बाद कुंज को सास ने ही कहा, "यदि मन ही हो, तो अपने भैया के साथ चली जाओ और घर-द्वार देखकर उन्हीं के साथ लौट भी आना। अकेली तुम्हें वहां किसी भी तरह रहने नहीं दूंगी, यह मैं कहे देती हूं।"

कुसुम इसी बात पर राजी होकर कल शाम को अपना घर-द्वार देखने आई थी।

आज चरण आदि के चले जाने के कोई दो-एक घण्टे याद कुंजनाथ जमींदारों की सी चाल से सारा गांव घूमकर लौटे, स्नान-भोजन करके सोए और तीसरे पहर के लगभग अपनी बहिन को साथ लेकर ससुराल लौटने का आयोजन करने लगे। कुसुम घर-द्वार बन्द करके चुपचाप गाड़ी में जा बैठी। वह जानती थी कि भैया उन लोगों से खुश नहीं हैं, इसलिए सवेरे की कोई बात उसने कुंज से कही नहीं।

कुंज की पत्नी का नाम है ब्रजेश्वरी। वह जैसी बकवासी है वैसी ही कलहपटु भी। उम्र अभी पूरे पन्द्रह वर्ष की भी नहीं हुई है, परन्तु बातचीत के ढंग और कटूक्तियों के प्रखर विष की जलन से उसकी मां भी हार मानकर आंखों से आंसू बहाने लगती है।

यही ब्रजेश्वरी न जाने क्यों पहली बार देखते ही कुसुम को प्यार करने लग गई थी। कहने की आवश्यकता नहीं कि कुंज की सास अपनी बेटी के इस आचरण से प्रसन्न नहीं हुई। वह अपनी लड़की से छिपा-बचाकर कुसुम को जो जी में आता, जली-कटी सुनाया करती।

घर के सामने ही तालाब था। तीन-चार दिन बाद एक दिन सवेरे कुसुम कुछ बरतन लिए धोने जा रही थी। ब्रजेश्वरी ने देख लिया। वह घर से बाहर निकल आई और बहुत ही तीखे स्वर में बोली, “क्यों ननदजी, मां तुम्हें कितना रुपया महीना देने की बात तय करके लाई है?”

मां पास ही भंडारघर के आगे बैठी कुछ कर रही थी। बेटी के इस तीखे व्यंग्यात्मक प्रश्न को सुनकर तिलमिला उठी और वहीं से गरजकर बोली, “यह तू क्या बकवास कर रही है? अपने आदमी को भी कोई महीना तय करके घर लाता है?”

लड़की ने जवाब दिया, “अपनी तो वे मेरी हैं, तुम्हारी कौन होती है, जो बेचारी से दासी का काम कराओगी और पैसा भी न दोगी?”

इसके उत्तर में मां लपकती हुई आई, कुसुम के हाथ से बरतन छीनकर आप ही उन्हें धोने के लिए तालाब पर चली गई।

कुसुम हतबुद्धि की तरह चुप खड़ी रह गई। ब्रजेश्वरी ने उसकी मुंह की ओर देखकर एक दबी मुस्कान के साथ कहा, "उह, जाने दो!" और अपनी कोठरी में चली गई।

इसके बाद कुंज की सास ने दो-तीन दिन तक कुसुम पर खूब आग उगली, परन्तु फिर उसके व्यवहार में सहसा परिवर्तन हो गया। यह देखकर ब्रजेश्वरी के आश्चर्य की सीमा न रही।

कल रात कुसुम ने तबीयत ठीक न होने से भोजन नहीं किया था। आज सबेरे ही मालकिन उससे बार-बार आग्रह करने लनी कि स्नान-पूजा करके खा लो।

ब्रजेश्वरी ने पास आकर चुपके से कहा, "मां ने अपना-रंग-ढंग क्यों बदल दिया, यह जरा सोचने की बात है, ननदजी!"

कुसुम तो चुप ही रही, लेकिन लड़की अपनी मां को खूब पहचानती थी, इसलिए दो ही दिन में इस आकस्मिक व्यवहार-परिवर्तन के कारण की आशंका से मन ही मन जल उठी।

गोवर्धन नाम का कुंज की सास का एक भानजा था। उसने बेहिसाब ताड़ी और गाँझा पीकर शक्ल-सूरत कुछ इस तरह की बना ली थी कि यह समझ में ही नहीं आ पाता था कि उसकी उम्र पैंतीस की है या पैंसठ की। कोई उसे अपनी लड़की देने को राजी नही होता, इसलिए अभी तक कुंआरा ही था। पहले वह इस घर और मुहल्ले में बहुत ही कम दिखाई देता था, लेकिन आजकल जाने किस अज्ञात कारण से मौसी के प्रति उसकी भक्ति और प्रेम इतना बढ़ गया था कि जब देखो तब 'मौसी-मोसी' करता कमरे में हाजिर हो जाता और घण्टों बैठा कथा-वार्ता सुनता और आदेश-उपदेश ग्रहण करता रहता था।

आज दोपहर में ब्रजेश्वरी कुसुम को साथ लेकर तालाब में नहाने गई। पानी में उतरने के बाद घाट-किनारे के सघन कामिनी वृक्ष की ओर

सहसा उसकी दृष्टि पड़ी, तो देखा, गोवर्धन पेड़ की ओट में खड़ा टकटकी लगाए इसी ओर देख रहा है। उस समय तो वह कुछ नहीं बोली। किसी तरह काम निबटाकर घर लौटी, तो वह आंगन में खड़ा अपनी मौसी से बातें कर रहा था। कुसुम ने फुर्ती से पूरा घूँघट खींच लिया और उसके आगे से कतराती हुई जल्दी-जल्दी अंदर चली गई।

ब्रजेश्वरी ने पास जाकर पूछा, "क्यों गोवर्धन भैया, पहले तो तुम्हें यहां कभी देखती नहीं थी, आजकल हठात् इतनी मेहरबानी क्यों हो गई है? अब तुम घर के अंदर आना-जाना जरा कम कर दो!"

गोवर्धन को यह पता नहीं था कि उसकी चोरी पकड़ ली गई है, परन्तु फिर भी ब्रजेश्वरी के इस प्रश्न से वह ऐसा सकपका गया कि कोई उत्तर देते न बन पड़ा।

किन्तु ब्रजेश्वरी की मां आग-बबूला हो उठी। आंखें लाल करके वह चिल्लाई, "पहले मन नहीं होता था, इसलिए नहीं आता था, आजकल इच्छा होती है, तो आता है। तुझे इससे क्या?"

लड़की ने गुस्सा नहीं किया। सहज स्वाभाविक स्वर में बोली, "यह इच्छा मुझे बिलकुल पसन्द नहीं। मैं अपने लिए तो उतना नहीं कहती मां, लेकिन मेरी ननद भी यहां रहती हैं। कम से कम यह तो मन में सोचना चाहिए कि पराई लड़की है।"

मां ने सप्तम स्वर में जवाब दिया, "तो क्या पराई लड़की के लिए हमारे भानजे-भतीजे भी पराये हो जाएंगे और घर में नहीं आएंगे? और फिर यह पराई लड़की क्या पर्दानशीन बीबी है, जो किसी के सामने नहीं निकलती? अरी, वह तो जिस तरह दूसरों के सामने निकलना जानती है, उसे देखकर हम जैसी बुढ़ियों को भी लाज आ जाती है।"

ब्रजेश्वरी समझ गई कि मां का इशारा क्या है, इसलिए वह चुप रही। उसे याद आ गया कि अभी थोड़े ही दिन पहले इसी कुसुम के बारे में स्वयं उसने अपनी मां से कैसी-कैसी बातें कही थीं, कितनी आलोचना की थी और कैसे-कैसे लांछन लगाए थे! लेकिन अब परिस्थिति बदल

चुकी थी। पहले बात कुछ और थी, अब बात कुछ और है। उस समय वह कुसुम को चाहती नहीं थी, अब वह उससे प्रेम करती है।

ब्रजेश्वरी ने जाने के लिए उद्यत होकर गोवर्धन के मुंह की ओर तीव्र दृष्टि से देखते हुए कहा, "गोवर्धन भैया, बड़े शरम की बात है। मुंह से तो कह न सकूंगी, लेकिन मैंने देख सब लिया है। भाई की तरह आना चाहो, तो आ सकते हो, नहीं तो तुम्हारे भाग्य में दुःख लिखा है, उस दुःख से मां भी तुम्हें बचा न सकेंगी, इतना मैं तुम्हें कहे देती हूं।" यह कहकर वह अपनी कोठरी में चली गई?"

मां ने पूछा, "क्यों रे गोवर्धन, क्या बात है?"

गोवर्धन ने मुंह लाल करके कहा, "तुम्हारी सौगंध मौसी, में कुछ नहीं जानता···कौन साला वहां झाड़ी के अन्दर···झूठ नहीं कहता···मैं एक दातुन तोड़ने के लिए··पूछने के लिए चलो न हलवाई की दुकान पर···चले वह मेरे साथ उस मुहल्ले में, सबुत दिलाए देता···।" कहता हुआ गोवर्धन वहां से खिसक गया।

ब्रजेश्वरी कपड़े बदलकर कुसुम की कोठरी में गई, तो देखा कि वह अभी तक गीले कपड़े पहने, जंगले के सहारे खड़ी, बाहर की ओर टक--टकी लगाए देख रही है। पांवों की आहट पाकर उसने चेहरा घुमाया और रुंधे स्वर में बोली, "क्यों भाभी, मेरे बारे में तुम व्यर्थ क्यों बोलीं? क्या तुम मुझे यहां भी टिकने न दोगी?"

"पहले तुम गीले कपड़े उतारो, उसके बाद बतलाऊंगी।" कहकर जबर्दस्ती उसकी गीली साड़ी बदलवाई और फिर बोली, "देखो ननजी, अन्याय मुझसे सहा नहीं जाता, वह चाहे तुम पर किया जाए या मुझी पर। उस पाजी को मैं घर में पांव न रखने दूंगी। उस कम्बख्त के इरादे को मैं खूब भांप गई हूं।"

अपनी मां के मन की बात वह मारे लज्जा के मुंह पर ला न सकी।

कुसुम ने रुआंसा होकर कहा, "इरादा किसी का कुछ भी हो भाभी, तुम्हारे पांवों पड़ती हूं, मुझे लेकर और मेरे लिए झगड़ा करके मुझे और

विपत्ति में मत डालो।"

"लेकिन जब मैं जीवित हूं, विपत्ति आएगी कैसे?"

कुसुम ने जोर से सिर हिलाकर कहा, "उसे आने से कौन रोक सकता है! वह तो आएगी ही," फिर जोर से माथे पर हाथ मारकर आगे कहा, "इस अभागे कपाल को जहां ले जाऊंगी, वहीं विपत्ति साथ जाएगी, ऐसा लगता है कि शायद स्वयं भगवान भी मेरी रक्षा नहीं कर सकते।" यह कहकर वह रोने लगी।

ब्रजेश्वरी ने स्नेहपूर्वक उसके आंसू पोंछ दिए। कुछ देर चुप रही और तब धीरे-धीरे बोली, "शायद तुम्हारा कहना नितान्त असत्य नहीं है। नाराज मत होना, लेकिन केवल भाग्य को दोष देना कहां तक उचित है? सच देखा जाए, तो तुम्हारा अपना दोष भी कम नहीं है, ननद-रानी!"

कुसुम ने उसके मुंह की ओर देखते हुए पूछा, "भई, मेरा दोष क्या है? मेरे बचपन की सारी घटना तो तुमने सुनी ही होगी।"

"हां, सुनी है लेकिन वह तो आदि से अन्त तक सब झूठ है। तुम सब जानती-समझती हो, सयानी हो, फिर भी न सिन्दूर लगाती हो, न हाथ में चूड़ियां पहनती हो, पति के घर नहीं जातीं, यह सब भाग्य का दोष है या तुम्हारा अपना? मानाकि उस समय तुम नादान थीं, समझती-बूझती नहीं थी, पर अब तो सयानी हुई? तुम्हीं बतलाओ, कौन सधवा अपने मन से विधवा का वेश बनाकर रहेगी?"

"सब जानती हं भाभी, किन्तु मांग में सिन्दूर लगा लेने और हाथों में चूड़ियां पहन लेने मात्र से तो लोग सुनेंगे नहीं। पूछेगे, कौन है तेरा पति? कौन है तेरा गवाह? और फिर वे भी मुझे यूंही अपने घर में कैसे ले लेंगे?"

ब्रजेश्वरी ने विस्मय से कहा, "यह तुम कैसी बात करती हो बहिन इससे अधिक प्रमाण भला किसी बात का और क्या हो सकता है? तुमने क्या कुछ भी नहीं सुना कि इस बात को लेकर नन्द काका के साथ इसी घर में क्या काण्ड हो गया है?" इतना कहकर वह थोड़ी देर चुप

रही और फिर आगे बोली, "तुम्हारे भैया को तो सब कुछ पता था, क्या उन्होंने तुम्हें बतलाया नहीं? मैं तो समझती थी कि तुम सब बातें जानकर ही यहां आई हो। सच में जिस दिन तुम यहां पहले-पहल आई, मुझे तुम्हारे ऊपर इसीलिए बड़ा गुस्सा भी आया था, परन्तु यह सोचकर कि कहीं तुम्हें दुःख न हो, नाराज न हो जाओ, मैंने कुछ कहा नहीं, गुस्से को मन ही मन पी गई।"

कुसुम उद्विग्न हो उठी। अधीरतापूर्वक बोली, "नहीं, भाभी, मैंने तो कुछ नहीं सुना। बताओ, क्या हुआ।"

ब्रजेश्वरी ने ठण्डी सांस लेकर कहा, "यह भी खूब रही! जैसे भाई हैं, वैस ही बहिन। जमाई बाबू के साथ जब नन्द काका की लड़की का संबंध ठीक हुआ, तो तुम पश्चिम में थीं। उस समय तुम्हारे भैया ने ही इतना हंगामा मचाया और अन्त में वे ही चुप लगा गए। मेरी सासजी की बात, तुम्हारी बात, उन लोगों की बात, सब बातें उठीं, तब नन्द काका ने मना कर दिया, इस डर से कि आगे चलकर कहीं उनकी लड़की का सम्बन्ध टूट न जाए। उसके बाद बड़े मन्दिर वाले बड़े महन्तजी को बुलाया गया। उन्होंने आकर फैसला किया कि सब झूठ है, क्योंकि एक तो उनको बतलाए बिना और दूसरे उनकी अनुमति के बिना हमारे समाज में शादी-ब्याह और दूसरा कोई भी सामाजिक कार्य नहीं हो सकता, फिर महन्तजी ने नन्द काका को यह आज्ञा भी दी कि जिसने यह काम किया था, उसे हाजिर करो। तब नन्द काका को यह स्वीकार करना पड़ा कि कण्ठी बदलने की केवल बात हुई थी, वास्तव में कण्ठी-बदलौवल हुआ नहीं था।"

मारे आशंका के कुसुम का श्वास अवरुद्ध हो गया। उसने रुंधे हुए स्वर में पूछा, "कण्ठी नहीं बदली गई? मन तो मेरा भी यही गवाही देता रहा है भाभी, किन्तु मेरे सम्बन्ध में ये सब बातें उठीं क्यों?"

ब्रजेश्वरी ने हंसकर कहा, "तुम्हारे भैया को कभी-कभी बाई का दौरा पड़ जाता है न! और कोई होता तो केवल आंख की शरम के ही

कारण इतना हो-हल्ला मचाना न चाहता, परन्तु उन्हें तो इस तरह की बातों का कोई ख्याल है नहीं। इसीलिए चारों ओर शोर मचाने लगे कि जब हमारी बहिन का कोई दोष नहीं है जब मां ने सचमुच उसका कण्ठी-बदलौवल किया ही नहीं है, तो फिर जमाई बाबू उसे अपने घर ले क्यों नहीं जाते और कैसे वे अपना दूसरा विवाह करेंगे और कैसे नन्द अपनी लड़की उन्हें देगा?"

कुसुम ने लज्जा के कंटकित होकर कहा, "छिः छिः! फिर उसके बाद क्या हुआ?

ब्रजेश्वरी ने बताया, "उसके बाद फिर कुछ अधिक नहीं हुआ। हमारी सास और नन्द काका की पत्नी, दोनों एक ही गांव की लड़कियां थीं। सासजी क्रोध, दुःख, लज्जा और अभिमान के कारण तुमको यहां ले आई, नन्द के लड़के के साथ ही तुम्हारे कण्ठी-बदलौवल की बात चली; किन्तु वह केवल बात ही रही, बनी नहीं। अच्छा ननदजी, ननदोईजी भी तो उस समय यहां थे और ये सब बातें वे स्वयं सुन गए थे, क्या उन्होंने भी किसी बहाने से ये बातें तुम्हें नहीं बतलाई? पहले तो सुना था कि तुम्हारे लिए वे।"

कुसुम ने लज्जित होकर मुंह फिरा लिया और बोली, "भाभी, उस दिन शायद वे यही बात कहने के लिए आए थे।"

ब्रजेश्वरी ने चकित होकर पूछा, "किस दिन? क्या इधर हाल ही में आए थे?"

"हां, हम लोग जिस दिन यहां आए, उसी दिन सवेरे।"

"तब क्या हुआ?"

"मेरे दुर्व्यवहार के कारण बिना कुछ कहे ही लौट गए।"

ब्रजेश्वरी ने मुंह पर हाथ रखकर हंसते हुए कहा, "क्या किया था तुमने? अपने घर में घुसने ही नहीं दिया, या बात ही नहीं की?"

कुसुम ने जवाब नहीं दिया। एक दीर्घ निःश्वास लेकर सिर झुकाए चुप बैठी रही। ब्रजेश्वरी ने भी और कुछ नहीं पूछा। सायंकालीन अंधेरा

घना होता जा रहा था। चारों ओर फूके जानेवाले शंखों की ध्वनि को सुनकर वह चौंक पड़ी, उठकर खड़ी हुई और जाते-जाते बोली, "तुम जरा बैठना ननदजी, मैं सांझ-बाती करके और दीया लेकर अभी आई।"

कुछ देर बाद लौटकर उसने देखा कि कुसुम वहीं औंधी पड़ी हुई 'सिसक-सिसककर रो रही थी। दीये को यथास्थान रख वह कुसुम के समीप आ बैठी और उसके माथे पर हाथ रखे बड़ी देर तक चुप रही, फिर धीरे-धीरे बोली, सच ही, तुमने अच्छा काम नहीं किया, सो तो मैं जानती नहीं, लेकिन जब इस बात को तुम्हारा मन जानता था कि तुम उनकी कौन हो और वे तुम्हारे कौन हैं, तो उनकी अनुमति के बिना तुम्हारा 'कहीं भी जाना, यहां आना भी, उचित नहीं हुआ।"

कुसुम ने मुंह नहीं उठाया, उसी तरह पड़ी सुनती रही।

ब्रजेश्वरी ने कहा, "तुम्हारी ही बातें तुम्हारे मुंह से जहां तक सुनी हैं उनके आधार पर कह सकती हूं कि यदि मैं तुम्हारी जगह होती और ननदोई मुझे पैदल सारे रास्ते नाक रगड़ते हुए आने का हुक्म देते. तो भी मैं खुशी-खुशी चली जाती।"

यह सुनकर कुसुम को उस दुःख में भी हंसी आ गई।

किन्तु ब्रजेश्वरी उसकी इस हंसी में हाथ न दे सकी। वह तो अपने मन की ही बात कह रही थी, कुसुम को हंसाना अथवा सान्त्वना देना उसका उद्देश्य नहीं था, बल्कि वह कुछ और गम्भीर हो उठी और बोली, "सच ही कहती हूं दीदी, किसीका निषेध मत सुनो और चली जाओ उनके पास। ऐसी विपत्ति का दिनों में पति और पुत्र को अकेला छोड़ना उचित नहीं।"

ब्रजेश्वरी के स्वर में एकाएक यह परिवर्तन देखकर कुसुम का कलेजा मारे डर के कांप उठा। वह उठ बैठी और घबराकर बोली, "विपत्ति कैसी?"

ब्रजेश्वरी ने कहा, "विपत्ति के दिन तो हैं ही। अवश्य वे लोग भले-चंगे हैं, लेकिन बाड़ल में हैजा फैला हुआ है। तुम्हारे भैया कह रहे थे

कि वहां हैजे का बड़ा जोर है, रोज दस-बारह आदमी मर रहे हैं। हाय, हाय, यह क्या करती हो, मेरे पांव मत छुओ, दीदी!"

कुसुम ने उसके दोनों पांव कसकर पकड़ लिए और रोते हुए बोली, "भाभी, वे मेरे चरण को देने के लिए आए थे, पर मैंने नहीं लिया। मैंने उनकी कोई बात नहीं सुनी, भाभी।'

ब्रजेश्वरी ने बाधा देकर कहा, अच्छा, अब तो सुन ली? अब जाकर लड़के को संभालो।"

"कैसे जाऊं?"

ब्रजेश्वरी कुछ कहने जा ही रही थी कि सहसा अपने पीछे किसी की आहट पाकर चौंक पड़ी। चेहरा घुमाकर देखा तो दरवाजे को ठेलकर चौखट के उस पार मां खड़ी थी। आंखें मिलते ही मां ने ताना मारा, "ननदजी को क्या सलाह दी जा रही है, जरा मैं भी तो सुन?"

ब्रजेश्वरी ने स्वाभाविक स्वर में कहा, "आओ मां, भीतर चली आओ डरने की कोई बात नहीं। अपने को कोई बुरी सलाह नहीं देता। मैं भी नहीं दूंगी।"

मां बहुत देर से भीतर ही भीतर जल-भुन रही थी। भभककर बोली, "इसका मतलब तो यही हुआ न कि मैं लोगों को बुरी सलाह दिया करती हूं, क्यों? मैं तो तभी समझ गई थी कि यह कलमुंही इस घर में आई है, तो इसे भी गारत करके रहेगी। कुंजनाथ इसे फूटी आंखों नहीं देख पाते, सो इन्हीं लक्षणों के ही कारण तो!"

लड़की भी मां को कोई ऐसा ही कठोर जवाब देने जा रही थी, किन्तु कुसुम के चिकोटी काटने से वह रुक गई और फिर बोली, "इसीलिए तो मैं कलमुही से कह रही थी कि ससुराल चली जा, यहां मत रह।"

ससुराल का नाम सुनकर मां ने पान से रंगे होंठ फैलाकर और तिलक लगी नाक सिकोड़कर कहा, "बताओ तो, किस ससुराल में ननदजी को भेज रही हो? नन्द वैष्णव के···"

इस बार ब्रजेश्वरी रुक न सकी, डपटकर बोली, "सब कुछ जानती-समझती हुई भी अनजान बनकर बेकार में किसी का अपमान मत करो।

लड़कियों की दस-बीस ससुरालें नहीं हुआ करतीं कि आज नन्द वैष्णव का नाम लिया जाएगा, तो कल तुम्हारे गोवर्धन के बाप का और वह सब चुपचाप सुन लेना होगा।"

लड़की का यह निष्ठूर और स्पष्ट सकेत सुनकर मां बारूद की तरह फट पड़ी और चीखकर बोली, "अरी अभागी, तू बेटी होकर मां के नाम पर इतना कलंक लगाती है!"

लड़की ने कहा, "निरा कलंक ही होता मां, तुम बच भी जातीं, परन्तु यह तो बिलकुल सच है। सच कहती हूं मां, तुम्हारे जैसी दो-चार वैष्णव औरतों के ही कारण तो जी चाहता है कि हम अपने-आपको भंगी, चमार या मोची कहा करें तो अच्छा है। वैष्णव कहकर परिचय देते हुए सिर लज्जा से नीचा हो जाता है। पर जाने दो, बहुत चीख-पुकार मत मचाओ। यदि इसी बात का दुःख है कि मैंने तुम पर कलंक लगाया, तो ननजी को पहले बाड़ल भेज दो, उसके बाद जो तुम्हारे मुंह में आए कह लेना और मुझे जी भरकर गालियां भी दे लेना। तुम्हारी सौगन्ध खाकर कहती हूं मां, मैं कुछ न कहूंगी।"

लड़की के पैने वाक्प्रहारों के आगे मां ने समझ लिया कि यदि लड़ाई इसी प्रकार चलती रही तो हार मुझी को माननी होगी। इसलिए उसने स्वर को कोमल बनाकर कहा, "वहां भेज देने-मात्र से ही तो वे लोग इसे घर में रख नहीं लेंगे। तेरी अपेक्षा मैं बहुत अधिक जानती हूं ब्रजेश्वरी, वे लोग इसके कोई नहीं होते, वृन्दावन का कुसुम से कोई भी सम्बन्ध नहीं। झूठी आशा बंधाकर तू उसे व्यर्थ नचाए मत।" यह कहकर वह उत्तर की प्रतीक्षा किए बिना ही वहां से धमधमाती हुई चली गई।

कुसुम ने ज्यों ही अपना सूखा हुआ, पीला और उदास चेहरा ऊपर उठाया, ब्रजेश्वरी ने जोर देकर कहा, "झूठी बात है बहिन, एकदम झूठी बात। मां सब कुछ जानते हुए भी जान-बूझकर जबर्दस्ती झूठ बोल गई है, यह बात उनकी लड़की होकर भी मैं तुम्हारे सामने स्वीकार करती हूं। अच्छा, मैं अभी आई।" यह कहकर ब्रजेश्वरी न जाने क्या सोचकर

जल्दी से बाहर चली गई।

अवस्था अच्छी हो जाने से बुद्धि भी अच्छी हो जाती है, इस बात को कुंजनाथ ने प्रमाणित कर दिखाया है। पत्नी और बहिन दोनों का सयुक्त अनुरोध और आवेदन उसे अपने कर्तव्य से विचलित न कर सका। उसने सिर हिलाकर उत्तर दिया, "नहीं, यह नहीं हो सकता। मां जब तक न कहें, मैं चरण को यहां ला नहीं सकता।" .

ब्रजेश्वरी ने कहा, "तो जरा जाकर यही देख आओ कि वह कैसा है।"

कुंजनाथ की आंखें कपाल में चढ़ गई। वह बोला, "बाप रे! वहां तो दस-बीस आदमी रोज मर रहे हैं।"

"तो किसी आदमी को भेज दो, वह जाकर खबर ले आए।"

"हां, यह हो सकता है।" यह कहकर कुंज आदमी की तलाश में बाहर चला गया।

दूसरे दिन सवेरे कुसुम स्नान करके रसोईघर में जा रही थी कि दासी ने आंगन में झाड़ू लगाते हुए कहा, "मां ने मना किया है दीदी, माज आप रसोईघर में न जाएं।"

सुनते ही कुसुम का कलेजा कांप उठा। वहीं की वहीं खड़ी हो गई और डरकर बोली, "क्यों?"

"सो तो मुझे मालूम नहीं, दीदी।" यह कहकर दासी पुन: अपने काम में लग गई।

लोटकर कुसुम बहुत देर तक अपने कमरे में बैठी रही। और दिन तो ब्रजेश्वरी इतनी देर में न जाने कितने चक्कर लगा जाती थी, किन्त आज उसने भी आकर झांका तक नहीं। कुसुम एक बार जाकर उसे खोज भी आई, किन्तु वह कहीं भी दिखाई नहीं दी।

वह अपनी मां के कमरे में छिपी बैठी थी, क्योंकि वह जानती थी कि कुसुम इस कमरे में नहीं आती। सवेरे रोज दोनों साथ ही भोजन करती थीं, आज भोजन का समय भी जब बीत गया और कुसुम अपने उद्वेग,

आशंका, संशय और भय को और अधिक सह न सकी, तो फिर से एक ब्रजेश्वरी की खोज में अपनी कोठरी से बाहर निकली। उसी समय मां सामने पड़ गई और बोली; "अब और देर क्यों कर रही हो बेटी, जाओ पोखरे में एक डुबकी लगा आओ और फिर कुछ खा-पी लो। तुम्हारे भैया राय लेने के लिए ठाकुरद्वारे गए हैं।"

कुसुम ने मुंह उठाकर पूछना चाहा, लेकिन जबान काठ की तरह कठोर हो गई थी, बात मुंह से न निकल सकी।

तब मां ने स्वयं ही करुण स्वर में कहा, "जब तुम बेटे की बहू हो, तो बेटे की ही भांति अशौच मानना होगा, लेकिन इतना तो कहना ही पड़ेगा कि बेचारी भली मानस थी, वैसे गुण-दोष किसमें नहीं होते! उस दिन हमारी ब्रजेश्वरी का सम्बन्ध तय करने आई, तो कितनी मीठी-मीठी बातें कर गई। मेरा मतलब वृन्दावन की मां से है। आज दो दिन हुए बेचारी मर गई। होना था, सो तो हो गया, परन्तु अब किसी तरह बच्चे को बचा दें। क्या नाम है बेटी उस लड़के का? चरण ही न? अहा; राजकुमारों जैसा लड़का है। आज सवेरे से उसे भी दो बार के और दस्त हो चुके हैं।"

कुसुम ने मुंह जो नीचा किया, तो फिर नहीं उठाया, बोली तक नहीं, चुपचाप अपने कमरे में चली गई।

लगभग तीन बजे ब्रजेश्वरी जब तमाम कमरों में कुसुम को खोज चुकी और वह कहीं नहीं मिली, तो उसने दासी से पूछा, "क्या तूने ननदजी को कहीं देखा है?"

"नहीं दीदी, बस सवेरे देखा था।"

पत्नी के रोने की ध्वनि को सुनकर कुंजनाथ की कच्ची नींद टूट गई। वह घबराकर उठ बैठा और पता चलने पर बोला, "यह क्या हुआ? वह कहां चली गई?"

ब्रजेश्वरी ने रोते हुए कहा, "मालूम नहीं, मैं घर-बाहर, तालाब्र पर और बगीचे में सब जगह ढूंढ़ चुकी, कहीं भी दिखाई नहीं दीं।"

पत्नी के आंसू देखकर और उसके मुंह से तालाब का उल्लेख किए जाने पर कुंजनाथ भी रो पड़ा, "तो हाय, वह नहीं रही। मां की रोज-रोज की बातें उससे सही नहीं गई और वह डूब मरी।"

यह कहता हुआ वह बिस्तरे पर से उठकर बाहर की ओर लपका, लेकिन ब्रजेश्वरी ने उसका पल्ला पकड़कर कहा, "अरे, सुनो तो, यूं कहां भागे जा रहे हो? हाय, तुम इस तरह मत जाओ!"

"मैं कुछ भी नहीं सुनना चाहता।" कुंज ने झटका देकर अपना पल्ला छुड़ा लिया और पागल की भांति दौड़ता हुआ बाहर निकल गया।

कोई दस मिनट के अन्दर वह औरतों की तरह जोर-जोर से रोता हुआ लौट आया और आंगन में खड़ा होकर चीत्कार उठा, "हाय रे, मां ने मेरी बहिन को मार डाला, मैं अब यहां नहीं रहूंगा, इस घर में पांव भी नहीं रखूगा। हाय से, कुसुम···।"

उसकी सास को कुछ भी पता नहीं था। चीत्कार सुनकर बाहर निकली और किंकर्तव्यविमूढ़ खड़ी हो गई।

उसको देखते ही कुंजनाथ वहीं औंधा पड़ गया और जोर-जोर से माथा पीटते हुए बोला, "यही राक्षसी मेरी छोटी बहिन को खा गई। हाय, मैं यहां मरने के लिए आया ही क्यों? हाय रे, मुझपर यह क्या बीती!"

ब्रजेश्वरी ने स्नेहपूर्वक पति की आंखें पोंछकर कहा, "तुम चुप तो हो जाओ, मैं निश्चयपूर्वक कह सकती हूं कि वे मरी नहीं हैं।"

कुंज आंसू-भरी आंखों को फाड़-फाड़कर देखता।

उसकी पत्नी ने एक बार पुनः आंचल से उसकी आंखों को अच्छी तरह पोंछकर कहा, "मुझे तो यही जान पड़ता है कि दीदी छिपकर बाड़ल चली गई हैं।"

"किन्तु वह तो बाड़ल का रास्ता जानती नहीं!"

"मुझे भी तो यही डर सता रहा है। कहीं भटक गई, तो पहुंचने में देर होगी। वैसे मार्ग में कितनी हो बाधाएं आएं और बाड़ल सात समन्दर

तेरह नदियों के पार ही क्यों न हो, वे एक दिन पूछती-पाछती वहां पहुंच ही जाएंगी। मेरी बात मानो और तुम भी उसी रास्ते चले जाओ। यदि रास्ते में उन्हें कहीं देख पाओ, तो अपने साथ ले जाकर उनके पति को सौंप देना और तब घर लौटना।"

"अच्छा तो मैं चलता हूं।" कहकर कुंज उठ खड़ा हुआ।

आज उसका वह चमचमाता हुआ विलायती जूता, रेशम की कीमती चादर और रोब से भरी हुई चाल ससुराल में ही पड़ी रह गई! कलमुंही कुसुम के शोक में जमींदार कुंजनाथ बाबू फेरीवाले कुंज वैष्णव के वेश में नंगे पांव और नंगे बदन ही दौड़ पड़े।

चौदह

वृन्दावन की माता का स्वर्गवास हुए आज छः दिन हो गए। मृत्यु के बाद यदि कभी किसी को अपने सुकृत्यों के लिए स्वर्ग मिलता है, तो यह निश्चित रूप से कहा जा सकता है कि उन्हें भी अवश्य मिला होगा।

उस दिन तारिणी मुखोपाध्याय के दुर्व्यवहार और घोषाल महाशय के शास्त्र-ज्ञान एवं अभिशापों से अत्यधिक दुःखी होकर वृन्दावन ने अपने गांव के बीच आधुनिक ढंग का लोहे के नलवाला एक कुआं बनाने का संकल्प किया। कुआं ऐसा हो, जिसके पानी को कोई भी व्यक्ति किसी भी तरह खराब न कर सके, जो गांव के सभी लोगों को अभाव की पूर्ति कर सके, जिसका पानी थोड़े-से परिश्रम से निकाला जा सके और जो अपनी बनावट के कारण हैजा आदि महामारी को काफी हद तक रोक सकने में सक्षम हो। इसके लिए वृन्दावन ने कलकत्ता की एक विख्यात इंजीनियरिंग कम्पनी को पत्र लिखा। कम्पनी ने अपने आदमी भेज दिए। जिस दिन मां की मत्यु हुई, उस दिन सवेरे वृन्दावन बैठा कम्पनी के उन्हीं आदमियों के साथ बातचीत और शर्तनामा पक्का कर रहा था।

समय कोई दस बजे का रहा होगा। सहसा दासी घबराई हुई बाहर आई और बोली, "भैयाजी, इतना बखत हो गया और मांजी ने अभी तक दरवाजा क्यों नहीं खोला?"

वृन्दावन ने सशंक होकर पूछा, "क्या, मां अभी तक सोई हुई हैं?"

"हां, भैयाजी, दरवाजा अन्दर से भिड़ा हुआ है और आवाज देने पर भी कोई आहट नहीं मिलती।"

वृन्दावन व्याकुल होकर अन्दर भागा। मां कमरे के सामने खड़ा होकर बार-बार दरवाजा पीटने और पुकारने लगा, "मां, ओ मां!"

अन्दर से किसी ने जवाब नहीं दिया। घर के सब लोग मिलकर चिल्लाने और पुकारने लगे, फिर भी अन्दर से कोई जवाब नहीं। तब लोहे की सब्बल से जैसे ही दरवाजा तोड़ा गया, अन्दर से भयंकर दुर्गन्ध का ऐसा प्रबल झोंका आया कि क्षण-भर तो अन्दर की ओर बढ़ते हुए सभी लोगों के पांव वहीं रुक गए, लेकिन वृन्दावन ने दूसरे ही क्षण अपने आपको संभाल लिया और मुंह घुमाकर अन्दर की ओर देखा।

बिस्तर खाली, मां जमीन पर पड़ी हुई और मृत्यु आसन्नप्राय। सारे कमरे में हैजे के भयंकर आक्रमण के समस्त चिह्न विद्यमान थे। जब तक मां में उठने की शक्ति रही, वे उठ-उठकर बाहर आती रहीं, अन्त में निर्बल और निरुपाय होकर वे जमीन पर गिर पड़ी और फिर उठ न सकी। जीवन में वे कभी भी किसी को रत्ती भर कष्ट देना नहीं चाहती थीं, इसीलिए मुत्यु के मुख में जा पड़ने पर भी इतनी रात बीते लोगों को बुलाकर उनकी नींद में विघ्न डालते उन्हें लज्जा का ही बोध हुआ। सारी रात उनपर क्या बीती, यह किसी को बताने की आवश्कता नहीं रही, देखने मात्र से ही लोग समझ गए। वृन्दावन ने अपने आपको संभालने के लिए चौखट थाम ली, लेकिन दूसरे ही क्षण बेहोश होकर मां के पांवों के पास गिर पड़ा। उसे उठाकर दूसरे कमरे में लाया गया। बीस मिनट बाद जब होश में आया, तो देखा कि चरण पास बैठा रो रहा है। वृन्दावन उठकर बैठ गया, फिर लड़के का हाथ थामे मरणासन्न मां के चरणों के समीप आ बैठा।

जो लोग डाक्टर को बुलाने गए थे, उन्होंने लौट कर कहा, "वे घर पर नहीं हैं। कहीं गए हैं। अभी लौटकर आने वाले भी नहीं हैं।"

मां का कंठ तो पूरी तरह अवरुद्ध हो गया था, लेकिन संज्ञा अब भी

शेष थी पुत्र और पौत्र को अपने समीप पाकर उनकी दोनों ज्योतिहीन आंखों से तृप्त अश्रुकण चू पड़े। होंठों ने बार-बार कांपकर सभी दास-दासियों को आशीर्वाद दिया। कानों से तो कोई सुन न सका, परन्तु मन ही मन उस अन्तिम आशीर्वाद को सभी के हृदयों ने अनुभव अवश्य किया।

तब तुलसी-चबूतरे के नीचे कपड़ा बिछाकर उनको सुला दिया गया। थोड़ी देर तक वे तुलसी के पौधे की ओर देखती रहीं और उसके बाद उनकी धुंधली और थकी हुई आंखें संसार की अन्तिम निद्रा में धीरे-धीरे मुंद गईं।

इसके बाद के ये छ: दिन और छ: रातें जो वृन्दावन ने बिताई सो भगवान के हाथ में होने के ही कारण बिताई जा सकी, यदि वृन्दावन के अपने हाथ में होतीं, तो कदापि न बीततीं।

लेकिन चरण बहुत सुस्त हो गया था। न वह खेलता न खाता और न बोलता-बतलाता। वृन्दावन ने तरह-तरह के कीमती खिलौने खरीदकर दिए थे। तरह-तरह की कलवाली गांडियां थीं, जहाज थे, पशु-पक्षियों की तसवीरें थीं। इन खिलौनों में वह पहले मगन हो जाया करता था, अपने-आपको भूल जाता था, लेकिन अब वही सब घर के कोने में पड़े थे और वह उन्हें छूता भी न था।

और फिर उस विपत्ति के दिन इस बच्चे की ओर ध्यान देने का किसी को ख्याल भी नहीं रहा। जिस समय लोग उसकी दादी को चादर से ढककर और अर्थी पर चढ़ाकर जोर-जोर से 'राम-नाम सत्य है', बोलते हुए ले जाने लगे, वह वहीं पास खड़ा आंखें फाड़कर देख रहा था।

वह अपने नन्हे मन में बार-बार यही सोचा करता कि दादी इस बार अकेली क्यों चली गई, क्यों मुझे अपने साथ नहीं ले गई, गाड़ी में बैठकर जाने के बदले लोगों के कंधों पर चड़कर यूं कपड़ों में लिपटी, सिमटी-सिकुड़ी चुपचाप क्यों चली गई? गईं तो फिर लौटकर क्यों नहीं आई। पिताजी क्यों इतना रोते हैं? इन बातों को सोचता हुआ वह अत्यन्त ही निराश और दुःखी हो जाता था। उसकी वह हताश मूर्ति सभी का

ध्यान अपनी ओर आकर्षित करती, केवल उसके पिता का ध्यान उसकी ओर न जा पाता। मां की आकस्मिक मृत्यु ने वृन्दावन को इस तरह बदहवास कर दिया था कि किसी ओर ध्यान देने, किसी विषय पर बुद्धिपूर्वक सोचने या चिन्ता करने की शक्ति ही उसमें नहीं रह गई थी। उसकी उदास दृष्टि के आगे सब कुछ जैसे तैरता रहता था, कुछ भी स्थिर नहीं होने पाता था।

इधर इन कुछ दिनों से उनके शिक्षक दुर्गादास बाबू रोज शाम के समय आ बैठते और उसे तरह-तरह से समझाते, परन्तु कोई बात उसकी समझ में न आती। वह गुमसुम बैठा सुनता रहता, लेकिन मन कुछ ग्रहण ही न कर पाता। उसके मन पर तो एक यही विचार स्थायी रूप से छा गया था कि अनन्त समुद्र के बीच सहसा उसके जहाज की पेंदी फटकर फंस गई है और अब वह किसी भी प्रकार उस टूटे जहाज को बन्दरगाह तक ले नहीं जा सकता। अन्त में जिसे समुद्र में डूबना ही है, उसके लिए हाय-तोबा करने मे क्या लाभ! यदि भाग्य में ऐसा ही न लिखा होता, तो जवानी में चरण को अकेला छोड़कर पत्नी क्यों मरती, क्यों कुसुम इस तरह निष्ठुर हो जाती और ऐसे दुर्दिनों में क्यों वह चरण का परित्याग करती? और इस सबके ऊपर उसकी अपनी मां! ऐसी मां कितनों के भाग्य में लिखी होती हैं? वे भी मानो जान-बूझकर ही विदा हो गई! जाते समय एक बात भी न कर गई। इस प्रकार जब उसके विह्वल और अस्त-व्यस्त मन में विधाता की इच्छा प्रतिपल स्पष्ट से स्पष्टतर होती दिखाई दे रही थी, घर की एक पुरानी दासी ने आकर रुआंसे स्वर में शिकायत की, "भैयाजी, क्या अन्त में बच्चे को भी गंवा देना पड़ेगा? न तुम उसे पास बुलाते हो, न प्यार करते हो। जरा आंखें खोलकर तो देखो उस बेचारे की हालात क्या हो गई है?"

उसकी यह बात वृन्दावन के सिर पर लाठी की तरह लगी, जिससे मानो उसकी घोर तन्द्रा टूट गई। उसने चौंककर पूछा, "क्यों, चरण को क्या हुआ है?

दासी ने कहा, "हुआ तो कुछ नहीं; और भगवान न करें उसे कुछ हो। आओ बेटा चरण, पास आओ। पिताजी बुला रहे हैं।"

चरण अत्यधिक सकुचाता, धीरे-धीरे चलता, ओट से निकलकर वृन्दावन के सामने आ खड़ा हुआ। वृन्दावन ने देखते ही लपककर उसे छाती से लगा लिया और तब फफककर रोते हुए, कह उठा, "क्यों चरण; तुम भी चले तो नहीं जाओगे, बेटा?"

दासी ने बिगड़ कर कहा, "छि:, छि:, यह क्या कहते हो, भैया!"

वृन्दावन लज्जित हो उठा। उसने आंखें पोंछ डालीं और आज अनेक दिनों के बाद हंसने का प्रयत्न किया।

दासी जब अपने काम से चली गई, तो चरण ने बहुत धीमे-से कहा "मां के पास जाऊंगा, पिताजी।"

यह दादी के पास जाना नहीं चाहता, वृन्दावन को इस बात से बड़ा सन्तोष हुआ। उसने चरण को प्यार करके कहा, "तेरी मां तो अब उस मकान में है नहीं, बेटा!"

"कब आएंगी वे?"

"यह तो मैं जानता नहीं। आज ही आदमी को भेजकर पता लगवाता है।"

चरण प्रसन्न हो उठा। उसी दिन वृन्दावन ने बहुत सोच-विचारकर केशव को एक पत्र लिखा कि वह आकर धरण को ले जाए। उसी पत्र में गांव की भीषण अवस्था और महामारी का उल्लेख भी कर दिया।

मां के श्राद्ध को अभी दो दिन और बाकी थे। सवेरे वृन्दावन ड्योढ़ी में काम कर रहा था। सहसा अन्दर से खबर आई कि चरण को कै और दस्त हो रहे हैं। दौड़ कर देखा, तो वह निर्जीव की भांति बिस्तरे पर पड़ा था और उसके कै-दस्त के रंग-ढंग से हैजे के लक्षण साफ दिखाई दे रहे थे।

कोई घण्टे भर बाद गोपाल डॉक्टर के बैठक में वृन्दावन बेचैनी से उनके दोनों पांव पकड़े कह रहा था, "दया करो डॉक्टर साहब, बच्चे को

बचा दो! मेरे अपराध कितने ही क्यों न हों, वह तो एकदम निर्दोष है। बिलकुल बच्चा है डॉक्टर साहब, एक बार चलकर देख लीजिए, अपने पांवों की धूल उसे दे आइए। बेचारे का कष्ट देखकर आपको भी दया आ जाएगी।"

गोपाल ने मुंह बिगाड़कर कहा, "उस समय नहीं जानते थे कि तारिणी मुखोपाध्याय इन्हीं डॉक्टर साहब के मामा होते हैं? नीच जाति होकर पैसों के जोर से ब्राह्मण का अपमान! उस समय क्यों नहीं सोचा कि इन्हीं पांवों को सिर पर रखना पड़ेगा!"

वृन्दावन ने रोकर कहा, "आप ब्राह्मण हैं। आपके चरणों की सौगन्ध खाकर कहता हूं कि मैंने तारिणी महाशय का जरा भी अपमान नहीं किया। उन्हें जो मना किया था, वह सारे गांव के भले के लिए ही किया था। आप तो डॉक्टर हैं, जानते ही हैं कि इस समय पीने के पानी को खराब करना कितना भारी अन्याय है!

गोपाल ने पर छुड़ाकर कहा, "हां, अन्याय क्यों नहीं है! मामा ने बड़ा भारी अन्याय कर डाला। मैं डॉक्टर हूं, मैं नहीं जानता और तुमने दुर्गादास से दो किताब अंग्रेजी क्या पढ़ ली, मुझी को शिक्षा देने चले आए। इतने बड़े तालाब में दो कपड़े धोने से उसका पानी खराब हो जाएगा! हम तो जैसे नादान बच्चे ही हैं। असल में बात कुछ नहीं, सब रुपयों की गरमी है। छोटे लोग रुपया पाकर इसी तरह उछलने लगते हैं और इसी तरह उचित-अनुचित का ज्ञान खो बैठते हैं। अगर ऐसा न होता तो क्या तुम ब्राह्मण का घाट बन्द कर सकते थे? ओफ्फोह, इतना घमण्ड! इतना अहंकार! जाओ, चले जाओ, मैं तुम्हारे घर में पैर भी नहीं रख सकता।"

बेटे के लिए वृन्दावन की छाती फटी जा रही थी। फिर से डॉक्टर के पांव पकड़कर गिड़गिड़ाकर बोला, "अपना अपराध स्वीकार करता हूं डॉक्टर साहब, आपके चरणों की धूल माथे से लगाता हूं, डॉक्टर साहब! एक बार चलकर लड़के की जान बचा दीजिए। सौ रुपये दूंगा, दो सौ

दूंगा, पांच सौ दूंगा। आप जो चाहेंगे दूंगा। चलकर दवाई दीजिए डॉक्टर साहब!"

पांच सौ रुपया!

गोपाल डॉक्टर ने नरम पड़कर कहा, "शायद तुम जानते नहीं, इसलिए साफ-साफ कहता हूं! तुम्हारे यहां गया, तो बिरादरी से निकाल दिया जाऊंगा। अभी-अभी वे लोग आए थे। नहीं भाई, तारिणी मामा ने अनुमति नहीं दी, तो गांव के सारे ब्राह्मण मिलकर मेरे साथ आहार-व्यवहार बन्द कर देंगे। वरना मैं तो डॉक्टर ठहरा, मुझे इससे क्या! रुपया लूंगा और दवाई दूंगा, लेकिन यह तो हो नहीं सकता। तुम्हारे साथ दया करने जाऊं, तो फिर लड़के-बच्चों की शादी-ब्याह कैसे और कहां करूं? कल को मेरे बुढ़ी मां मर जाए, तो उसकी गति कैसे हो? उस समय तुमको लेकर तो मेरा काम चलेगा नहीं। बल्कि तुम्ही एक काम करो। घोषाल महाशय को लेकर मामाजी के पास चले जाओ। वे बूढ़े आदमी हैं, सभी उनकी बात मानते हैं। जरा उनके हाथ-पांव जोड़ो, किसी तरह उन्हें मना लो। वे कह दें, तो मैं उसी समय चला चलूंगा। अभी-अभी बहुत-सी नई-नई और ताजी दवाइयां लाया हूं, तुरन्त फायदा करती हैं, देते ही लड़का अच्छा हो जाएगा।"

वृन्दावन विह्वल होकर देखता रहा। गोपाल ने पुनः आश्वासन देते हुए कहा, "डरने की कोई बात नहीं है भाई, जाओ, देर मत करो। और देखो, मेरी फीस के बारे में वहां कुछ कहने की जरूरत नहीं। बस, चले ही जाओ एकदम।"

वृन्दावन भागा हुआ आया और रोता-रोता तारिणी के चरणों में गिर पड़ा।

तारिणी ने झटके से पांव छुड़ा लिया और एक पैशाचिक हंसी हंसकर बोला, "संध्या-पूजा किए बिना मैं जल भी ग्रहण नहीं करता। मेरी बात फलेगी कैसे नहीं! निर्वंश हुए कि नहीं?"

वृन्दावन का रोना सुनकर तारिणी की स्त्री वहां दौड़ी आई और

स्वयं भी रोकर पति से बोली, "हाय-हाय, ऐसा अधर्म और अन्धेर तो मत करो! जो होना था, सो हो चुका। बेचारा नन्हा, अबोध शिशु है। कह दो गोपाल से जाकर, देख आए और दवाई दे दे।"

तारिणी झुंझला उठा और बोला, "तू चुप भी रह। आदमियों की बात में दखल देने से तुझें क्या मतलब?"

वह बेचारी सिटपिटा गई, परन्तु फिर भी वृन्दावन से कहा, "मैं आर्शीवाद देती हूं बेटा कि तुम्हारा लड़का अच्छा हो जाएगा।"

यह कहकर आंसू पोंछती हुई वह अन्दर चली गई।

वृन्दावन पागलों की भांति कातर होकर चिंघियाने लगा, बार-बार तारिणी के पांव पकड़ने लगा, लेकिन वह दुष्ट फिर भी नहीं पसीजा।

इतने में शास्त्रज्ञानविद् घोषाल महाशय पांवों में खड़ाऊं पहने खट-खट् की आवाज करते समीप के घर से निकलकर वहां आ उपस्थित हुए। सारी बातें सुनकर प्रसन्न और सन्तुष्ट मन से बोले, "शास्त्रों में ठीक लिखा है कि कुत्ते को पुचकारने से वह सिर पर चढ़ता है। छोटे आदमियों को दबाकर न रखा गया, तो समाज ही नष्ट हो जाएगा। इसी तरह तो कलिकाल में धर्म-कर्म जोर ब्राह्मण का मान-सम्मान सब नष्ट हुआ जा रहा है। क्यों जी तारिणी, मैंने उस दिन तुमसे कहा था कि बिन्दा-वैरागी बहुत बढ़ चला है। उसने मेरा कहना नहीं माना, तभी में तो समझ गया था कि इसपर विधाता उलटे हुए हैं, अब कोई इसको बचा नहीं सकता। हाथों-हाथ फल मिल गया न, तारिणी?"

तारिणी को घोषाल की यह आत्मश्लाघा अच्छी न लगी। मन ही मन अप्रसन्न होकर उसने कहा, "और मैं? मैंने भी तो उस दिन पोखरे के किनारे खड़े होकर और हाथ उठाकर शाप दिया था, 'जा साले, निर्वंश हो जा!' बाबा, मैं तो सन्ध्या-पूजन किए बिना पानी की बूंद भी गले के नीचे नहीं उतारता। अब भी सूर्य-चन्द्र उदित होते हैं, अब भी ज्वार-भाटा आता है। इसने समझ क्या रखा है तारिणी को!"

और जिस प्रकार व्याध अपने तौर से बिंधे हुए जमीन पर पड़े वन्य

पशु को मृत्यु-यन्त्रण से छटपटाते देख अपने लक्ष्य-भेद की सफलता पर सन्तुष्ट, प्रसन्न और गर्वित होकर एक पाशविक आनन्द की उपलब्धि करता है, उसी प्रकार तारिणी इकलौते पुत्र के शोक से आहत इस अभागे पिता के असीम व्यथा का रह-रहकर मजा लेने लगा।

अब वृन्दावन उठ खढ़ा हुआ। पुत्र की प्राणरक्षा के लिए वह बहुत अनुनय-विनय कर चुका था, आगे कुछ कहना उसने व्यर्थ समझा। घोर अज्ञान और अन्धतम मूड़ता के असह्य अत्याचार ने पुत्र-शोकजन्य वेदना का अतिक्रमण कर उसके आत्मसम्मान को जाग्रत् कर दिया था। सारे गांव की मंगल-कामना के फलस्वरूप इन दोनों अधर्मनिष्ठ ब्राह्मणों में से किसी की गायत्री और संध्यावन्दन की तेजस्विता से वह निर्वंश हुआ, इसकी अन्तिम मीमांसा सुनने के लिए वह वहां रुका नहीं रहा, धीरे-धीरे बाहर निकल आया और लगभग दस बजे के समय शांत मन से अपने बीमार लड़के की चारपाई के समीप आकर खड़ा हो गया।

उस समय तक केशव आ पहुंचा था और आग जलाकर चरण के हाथ-पांव सेंक रहा था, मृत्यु की उस तपती हुई दोपहर में वह चरण की जीवनरक्षा की मृग मरीचिका के साथ प्रांणपण से जूझ रहा था। वृन्दावन के मुंह से सारी बात सुनकर उसने केवल इतना ही कहा, "ओफ्फोह!" "फिर वह उठकर खड़ा हो गया और कंधे पर दुपट्टा रखता हुआ बोला, "मैं कलकत्ता जाता हूं। यदि डॉक्टर मिल गया, तो सन्ध्या तक लौट आऊंगा और यदि न मिला, तो फिर अपना मुंह नहीं दिखाऊंगा। इस जाने को ही अन्तिम जाना समझ लेना। ओह, किसी दिन ये ही ब्राह्मण इस सारी पृथ्वी के अभिमान का कारण थे और आज, उनके पतन और अत्याचारों की कल्पना-मात्र से छाती दहल उठती है। अच्छा जाता हूं। यदि हो सके तो लड़के को बचाकर रखना, भैया वृन्दावन!"

केशव के जाने के बाद पिता को अपने समीप पाकर चरण 'मां के 'पास जाऊंगा' कहकर जोर-जोर से रोने लगा। वैसे वह बड़े शांत स्वभाव का बालक था। कभी जिद नहीं करता था, लेकिन आज उसको बहलाना

बड़ा मुश्किल हो गया। दिन ज्यों-ज्यों बढ़ता गया, चरण के रोग की यन्त्रणा भी निरन्तर उग्र होती गई। प्यास के हाहाकार और मां के पास ज़ाने की उन्मत्त चीत्कार ने वहां उपस्थित सभी लोगों को पागल कर दिया। यह चीखना-चिल्लाना और हाहाकार बन्द हुआ कोई तीसरे पहर जाकर, तब उसके हाथ-पांव ऐंठने लगे और कण्ठावरोध हो गया।

चैत्र का छोटा दिन जब समाप्त हो रहा था, केशव ने डॉक्टर को लिए हुए घर में प्रवेश किया। डॉक्टर उसी का समवयस्क और मित्र था। घर के अन्दर आकर जैसे ही चरण की ओर देखा, डॉक्टर का चेहरा गम्भीर हो गया और वह एक ओर बैठ गया। केशव ने डरते हुए डॉक्टर के मुंह की ओर देखा। डॉक्टर कुछ कहने ही जा रहा था कि वृन्दावन की ओर देखकर चुप रह गया।

वृन्दावन ने डॉक्टर की ओर देखकर शांतिपूर्वक कहा, "हां, मैं ही बाप हूं, लेकिन किसी प्रकार के संकोच की आवश्यकता नहीं। जो कहना हो, आप खुलकर कहिए। जो बाप अपनी इकलौती सन्तान को पूरे बारह घंटे तक बिना दवाई के लिए बैठा रह सकता है, वह सब कुछ सह भी सकता है, डॉक्टर साहब!"

पिता के इस धैर्य को देखकर डॉक्टर मन ही मन ठगा-सा रह गया। डॉक्टर होते हुए भी वह मनुष्य था और इसीलिए जो बात उसे कहनी थी उसे वह पिता के मुंह पर कह न सका और उसने अपना सिर नीचा कर लिया।

वृन्दावन मतलब समझ गया और बोला, "तो केशव, अब मैं चलता हूं। ठाकुर-गृह बगल में ही है, जरूरत पड़ने पर बुला लेना और देखो, समाप्त होने से पहले अवश्य खबर कर देना, जिससे मैं अन्तिम बार देख सकू।"

यह कहकर वह वहां से चला गया।

वृन्दावन ने जब ठाकुर-गृह में प्रवेश किया, तो अंधेरा हो रहा था।

उसने दाहिनी ओर देखा। वहीं बैठकर मां जप किया करती थीं। सहसा उसे उस दिन का स्मरण हो आया, जब वह कुंजनाथ के निमन्त्रण पर उसके घर भोजन करने गया था। मां ने कुसुम को उस दिन अपने हाथ के कड़े पहनाकर आशीर्वाद दिया था और लौटकर चरण को गोद में लिए यहीं बैठी थीं। वह आनन्द से उन्मत्त हृदय की असीम कृतज्ञता को ठाकुरजी के चरणों में निवेदित करने के लिए चोरी-चोरी ठाकुर-गृह के अन्दर आया था। आज वह देवता के चरणों में क्या निवेदन करने के लिए आया है? वृन्दावन ने जमीन पर लोटकर कहा, "पास के कमरे में मेरा चरण मर रहा है। भगवान, मैं इस बात की फरियाद करने के लिए नहीं आवा हूं, किन्तु पितृ स्नेह यदि तुम्हींने दिया है, तो बाप की आंखों के आगे बिना दवा-दारू के इतनी निष्ठुरता से उसकी एकमात्र संतान की हत्या क्यों की? पिता के हृदय को थोड़ी-सी सात्वना देने वाला एक भी रास्ता खुला क्यों नहीं रहने दिया?"

फिर उसे याद हो आई, बहुत लोगों द्वारा बहुत बार कही हुई वह बात कि जो होता है, अच्छे के ही लिए होता है। तब उसने मन ही मन कहा, 'जो तुम पर विश्वास नहीं करते, अपनी बात वही जानें, किन्तु मैं तो निश्चयपूर्वक जानता हूं कि तुम्हारी इच्छा के बिना पेड़ का पत्ता तक नहीं हिल सकता, इसलिए केवल यही प्रार्थना करता हूं जगदीश्वर कि मुझे यह समझा दो कि इसमें कौन-सा मंगल निहित है, कौन-सी भलाई छिपी हई है? मेरे इस छोटे-से चरण की मत्यु से संसार में किस का कौन-सा उपकार होगा?"

यद्यपि वह जानता था कि संसार की सभी घटनाओं और उनके कार्य-कारण-सम्बन्धों को मनुष्य जान नहीं सकता, फिर भी वह इस प्रश्न पर मन को एकाग्र किए पड़ा रहा कि चरण के जन्म का प्रयोजन क्या था, वह क्यों जन्मा, क्यों इतना बड़ा हुआ और उसे एक भी काम करने का अवसर दिए बिना ही इस संसार से क्यों बुला लिया गया?

कुछ देर बाद पुरोहितजी ने रात की मारती आदि पूजा-कृत्य सम्पन्न करने के लिए प्रवेश किया। उनकी पगध्वनि सुनकर उसका ध्यान भंग हुआ और वह उठकर बैठा, तो उसके मन का अंधड़ शान्त हो चुका था। आसमान में प्रकाश का उदय तो तब तक अवश्य नहीं हुआ था, लेकिन बिना बादलों के साफ-सुथरे आकाश में भावी जीवन-पथ की अस्पष्ट रेखा अवश्य दिखाई देने लगी थी।

बाहर आकर आंगन के एक ओर दरवाजे के समीप किसी नारी की मलिन मूर्ति को देखकर वह कुछ विस्मित हो गया। इस समय यहां अंधेरे में यह कौन बैठा है?

वृन्दावन ने समीप आकर एक क्षण में ही पहचान लिया कि वह कुसुम है। उसके मुंह पर तो आया कि कह दे, 'क्यों कुसुम, मेरा सोलहों आना सुख देखने के लिए आई हो क्या?' पर वह कुछ बोला नहीं।

अभी-अभी वह अपने चरण की शिशु-आत्मा के कल्याण के लिए अपने समस्त सुख-दुःख और मान-अभिमान का विसर्जन करके आया था, इसलिए क्षुद्र प्रतिहिंसा के द्वारा मृत्युशय्या पर पड़े बच्चे का अकल्याण करने की उसकी इच्छा नहीं हुई। वह करुण स्वर में बोला, "यदि तुम कुछ देर पहले आ जातीं, तो चरण की बहुत बड़ी साध पूरी हो जाती। आज दिन-भर उसने जितना ही कष्ट पाया, तुम्हारे पास जाने के लिए वह उतना ही रोता रहा है। ओह, वह तुम्हें कितना अधिक चाहता था! किन्तु अब तो बेहोश पड़ा है। आओ मेरे साथ।"

कुसुम निःशब्द अपने स्वामी के पीछे हो ली। दरवाजे के समीप आकर वृन्दावन ने हाथ से इशारा करके चरण की अन्तिम शय्या दिखलाते हए कहा, "वह चरण सोया हुआ है। जाओ, उसे ले लो। केशव, यह चरण की मां हैं।"

यह कहकर वह धीरे-धीरे दूसरी ओर चला गया।

दूसरे दिन सवेरे जब किसी को भी कुसुम के पास आकर यह कहने का साहस न हुआ, यहां तक कि कुंजनाथ भी डरकर पीछे हट गया, तो

वृन्दावन ने धीरे-धीरे उसके समीप आकर कहा, “अब इस मृतदेह को पकड़े रहने से लाभ ही क्या! छोड़ दो, वे लोग इसे ले जाएं।”

इस पर कुसुम ने मुंह उटाकर कहा, “उन लोगों को आने के लिए कह दो, मैं स्वयं ही उठा देती हूं।”

उसके बाद मिस अविचलित दृढ़ता से चरण की लाश को कुसुम ने श्मशान में भेज दिया, उसे देखकर वृन्दावन भी मन ही मन डर गया।

पंद्रह

चरण की छोटी-सी देह को जलकर राख होने में देर न लगी। केशव तब से चिता की ओर ही देख रहा था। सहसा एक लम्बी सांस लेकर वह चिल्ला उठा, "झूठ है, सब झूठ है। बात-बात में जो कहते हैं कि भगवान जो करता है, भले के ही लिए करता है, वे शैतान हैं, हरामजादे है, बदमाश हैं।"

पास ही वृन्दावन दोनों घुटनों में मुंह छिपाए चुप बैठा था। उसने थकी हुई लाल-लाल आंखों को उठाकर थोड़ी देर मित्र की ओर देखते रहने के बाद कहा, "भैया केशव, श्मशान में क्रोध नहीं किया जाता।"

उत्तर में केशव केवल 'ओफ्' करके चुप रह गया।

लोटते समय रास्ते में वाग्दियों के दो-तीन लड़के-लड़कियां एक पेड़ के तले खेल रहे थे। बन्दावन ठिठककर उन्हें एकटक देखने लगा। जब बच्चे खेल के बहाने दूसरे पेड़ के तने चले गए, तो वृन्दावन ने ठण्डी सांस लेकर मित्र के मुंह की ओर देखते हुए कहा, "केशव, कल से जो प्रश्न रात-दिन मेरे मन में उठ रहा था, प्रतीत होता है कि इस समय उसका जवाब मिल गया। संसार में इकलौते लड़के के मरने का भी कोई-न-कोई प्रयोजन होता है।"

जो केशव अभी-अभी गालियां बक रहा था, वह इस अद्भुत सिद्धान्त को सुनकर सहसा विस्मित हो उठा।

वृन्दावन ने कहा, "तुम्हारे कोई लड़का नहीं है, इसलिए हजार प्रयत्न

करके भी तुम मेरी वेदना को समझ नहीं सकते, समझ पाना असम्भव ही है। वेदना की यह ज्वाला इतनी भीषण है कि कोई इसे अपने शत्रु के लिए भी नहीं चाहेगा, किन्तु इसका भी मूल्य है केशव। अब मैं समझ पाया हूं कि यह कितनी मूल्यवान वस्तु है और शायद इसीलिए भगवान ने इसकी व्यवस्था कर दी है।"

केशव उसी प्रकार चुप लगाए मित्र के चेहरे की ओर देखता रहा। वृन्दावन कहता गया, "मेरी यह अन्तर्ज्वाला ठंडी होती जा रही है उन बच्चों के चेहरों की ओर देखकर। आज मुझे सभी बच्चों में अपने चरण का मुंह दिखाई देता है, सब बच्चों को छाती से लगाने का मन होता है। जब चरण जिन्दा था, तब तो ऐसी भावना एक बार भी मन में उठी नहीं थी।"

केशव सिर झुकाकर सुनता हुआ चलने लगा। पाठशाला का एक विद्यार्थी वनमाली और उसका छोटा भाई कलेवा और पानी लिए चले जा रहे थे। वृन्दावन ने पुकारकर कहा, "क्यों रे वनमाली, कहां जा रहा हैं ?"

"पिताजी को खेत पर कलेवा देने जा रहा हूं, पंडित जी!"

"जरा तुम दोनों मेरे पास तो आओ।" कहकर दोनों भाइयों को हाथ बढ़ाकर समीप खींच लिया और फिर दोनों को एकसाथ छाती से लगाकर बोला, "अहा, वनमाली, कलेजा ठण्डा हो गया। केशव, कल मुझे बड़ा ही डर लग रहा था कि मैंने चरण को सचमुच खो दिया है, लेकिन आज वह सारा डर मिट गया, कोई डर मन में नहीं रहा। अब वह खोने का नहीं। मेरा चरण इन्हीं लोगों में मिला हुआ है, इन्हीं में मैं उसे एक दिन पुनः प्राप्त कर लूंगा।"

केशव ने इधर-उधर देखकर कहा, "छोड़ दो वृन्दावन, इनकी मां या कोई देख लेगा तो नाराज होगा।"

"ओह, यह तो मैं भूल ही गया कि अभी-अभी चरण का दाह-संस्कार करके चला आ रहा हूं।" यह कहकर वृन्दावन ने उन दोनों भाइयों को

छोड़ दिया और उठकर खड़ा हो गया।

वनमाली पंडित जी के इस व्यवहार से मारे लज्जा के सिकुड़ गया था। छूटते ही भाई के साथ जल्दी से अदृश्य हो गया।

पंडित जी उसी जगह रास्ते के ऊपर घुटनों के बल बैठ गए और मुंह ऊपर की ओर करके हाथ जोड़कर बोले, "हे जगदीश्वर, तूने चरण को ले लिया, लेकिन सब शिशुओं को चरण समझने वाली मेरी आंखों की इस दृष्टि को मत ले लेना। आज जिस प्रकार देखने दिया है, उसी प्रकार सदैव सभी बालकों में अपने चरण को देखता रहूं। आज की ही तरह सभी बालकों को चरण समझ कर उन्हें छाती से लगाने के लिए मेरे ये दोनों हाथ आगे बढ़ जाया करें। केशव, श्मशान में खड़े होकर जिन लोगों को तुम गालियां दे रहे थे, शायद वे सभी बुरे और बदमाश नहीं हैं।"

केशव ने उसका हाथ पकड़कर कहा, "चलो, घर चलें।"

"चलो," कहकर वृन्दावन बहुत ही सहज भाव से उठकर खड़ा हो गया। दो-एक कदम चलने के बाद वह बोला, "आज मुझे अपनी बकवास के लिए माफ कर देना, भाई! मेरे मन पर एक भारी बोझ-सा लदा हुआ था और मैं रह-रहकर यही सोच रहा था कि मुझे यह दण्ड क्यों? अपनी जानकारी में तो मैंने कोई गोहत्या अथवा ब्रह्महत्या की नहीं है कि जिसके लिए भनवान मुझे इतना कड़ा दण्ड दें, मेरा···।"

वृन्दावन की बात पूरी होने के पहले ही केशव गरज उठा, "यह जाकर पूछो उस हरामजादे बूढ़े घोषाल से। वह तो यही कहेगा कि उसके जप-तप के प्रभाव से, और दूसरे बदमाश से पूछने पर वह कहेगा कि यह सब हुआ है पूर्व-जन्म के पाप से। ओफ्! और ये ही हैं इस देश के ब्राह्मण!"

वृन्दावन ने बहुत ही धीरज और शान्ति के साथ कहा, "केशव, गोखरू (भयंकर विषवाला काला सांप) सांप की केंचुल को लाठी से पीटने से कोई लाभ नहीं। सडे हुए मट्ठे की दुर्गन्ध के लिए दूध को दोषी ठहराना भी उचित नहीं। देखना यह चाहिए कि अज्ञान ब्राह्मणों को भी

कहां खींच ले गया है!"

केशव उन सब बातों को याद करके अन्दर ही अन्दर मारे क्रोध और क्षोभ के जला जाता था। सोचने-विचारने की मनःस्थिति में वह इस समय था नहीं। जो बात मुंह पर आ गई कह गया, "तो फिर इतना बड़ा दण्ड क्यों?"

वृन्दावन ने कहा, "दण्ड तो यह नहीं ही है। वही तो मैं तुमसे कह रहा था केशव कि जब किसी पाप की याद नहीं आती, तो मैं इसे पाप का दण्ड मानकर अपने आपको छोटा कैसे समझ लूं! इस जीवन में तो कोई पाप किया हो, ऐसा याद नहीं पड़ता। तब पूर्व जीवन के सिर पर अपराध का निरर्थक बोझा लादना आत्मा का अपमान ही करना होगा। न तो यह मेरे पापों का प्रतिफल है और न मेरे अपराधों का दण्ड ही। वास्तव में यह मेरी क्लेशदायी पर गौरवपूर्ण गुरुदक्षिणा है। कोई बड़ी वस्तु बिना दुःख-क्लेश के मिला नहीं करती केशव। आज मुझे मेरे चरण की मृत्यु से जितनी बड़ी सीख मिली है, वह पुत्र-शोक के समान बड़े दुःख को छोड़कर किसी भी प्रकार मिल नहीं सकती। यदि छाती चीरकर दिखाना सम्भव होता, तो तुम्हें दिखा देता कि आज पृथ्वी पर जहां भी और जितने भी बालक हैं, उन सबको मेरा चरण अपनी जगह पर छोड़ गया है। तुम ब्राह्मण हो, मुझे केवल इतना ही आशीर्वाद दो कि आज के दिन जो कुछ प्राप्त किया है, उसे गंवाकर अपना सर्वनाश न कर बैठूं।" कहते-कहते वृन्दावन का गला अवरुद्ध हो गया। एक-दूसरे के सामने खड़े हुए दोनों मित्र फूट-फूटकर रोने लगे।

उस दिन वृन्दावन ने गांव में एक कुआं बनवाने का संकल्प किया था, पर अब मालूम हुआ कि केवल एक ही कुआं काफी नहीं है। अधिकांश गरीब लोग गांव के पूर्वी भाग में रहते हैं। उस मुहल्ले में यदि एक बड़ा और पक्का कुआं नहीं बनवाया गया, तो जल का कष्ट और महामारी का निवारण नहीं हो सकता। इसलिए केशव कलकत्ता वाली कम्पनी के बड़े साहब से जाकर मिला और लौटकर उसने बतलाया कि यदि काफी

रुपये खर्च किए जाएं, तो एक ऐसा कुआं बन सकता है, जिससे केवल एक ही गांव का नहीं, पांच-सात गांवों का कष्ट दूर हो जाएगा। इसके अतिरिक्त अकाल-दुष्काल और अनावृष्टि के समय उस कुएं के पानी से खेतों की सिंचाई भी की जा सकेगी।

वृन्दावन अत्यन्त प्रसन्नता से तैयार हो गया और इस सउद्दश्य के निमित्त, श्राद्ध के दिन, देवोत्तर सम्पत्ति को छोड़, उसने अपनी सारी जायदाद की रजिट्री कर दान-पत्र केशव के हाथ में थमाते हुए कहा, "तो भाई केशव, ऐसा करो जिसमें विषाक्त जल पीकर मेरे चरण के बन्धु-बान्धवों को मरना न पड़े। मेरी सबसे बड़ी सम्पत्ति तो यह पाठशाला है। इसका भार ही जब तुमने ले लिया, तो मुझे और कोई चिन्ता नहीं रही। यदि किसी दिन इस ओर लौटकर आऊं और यह देख सकूं कि मेरी पाठशाला का कम-से-कम एक छात्र ही सच्चा मनुष्य बन सका है, तो उसी दिन मुझे चरण का दुःख भूल सकेगा।"

दुर्गादास बाबू इधर कई दिनों से रोज ही उपस्थित रहते थे। आज भी वे वहीं थे। अतिशय क्षुब्ध होकर बोले, "वृन्दावन, तुम्हें सान्त्वना देन के लिए मुझे तो शब्द खोजे नहीं मिल रहे हैं, किन्तु दुःख कितना ही बड़ा क्यों न हो, उसे सहना ही सच्चा मनुष्यत्व है। अक्षमों की भांति विरक्त और वैरागी होकर संसार छोड़ देना कभी भगवान का अभिप्राय नहीं हो सकता।"

वृन्दावन ने उनकी ओर मुखातिब होकर मृदुकण्ठ से कहा, "संसार छोड़ने का तो मेरा कोई संकल्प है नहीं, मास्टर साहब, बल्कि वह तो बिलकुल असम्भव ही है। बालकों का मुंह देखे बिना तो मैं एक दिन भी जीवित न रह सकूंगा। आपकी कृपा से सभी मुझे 'पंडित जी' कहते और 'पंडित जी' के ही रूप में जानते भी हैं। अपने इस सम्मान को मैं किसी भी प्रकार हाथ से जाने नहीं दूंगा। जहां भी जाऊंगा, इसी कर्म को आरम्भ कर दूंगा।"

दुर्गादास बाबू ने कहा, "किन्तु तुमने तो अपना सर्वस्व जल-कष्ट के

निवारण के लिए दान कर दिया, अब तुम्हारी गुजर-बसर कैसे होगी?"

वृन्दावन ने एक सलज्ज मुस्कान के साथ दीवार पर टंगी भिक्षा की झोली दिखलाते हुए कहा, "वैष्णव के लड़के के लिए कहीं भी मुट्ठी भीख का अभाव नहीं होगा, मास्टर साहब। इसी के भरोसे मेरे बाकी दिन चैन से कट जाएंगे। इसके सिवाय, यह सम्पत्ति तो मेरे चरण की थी, इसे उसी के संगी-साथियों के लिए दिए जाता हूं।"

दुर्गादास बाबू ब्राह्मण और समझदार होने पर भी श्राद्ध के दिन उपस्थित रहकर सारा काम अपनी देख-रेख में करा रहे थे, इसीलिए उन्हें कुसुम का यथार्थ परिचय प्राप्त हो गया था। इस समय वे उसी का ख्याल करके बोले. "नहीं भैया, यह तो ठीक नहीं होगा। तुम्हारी बात अलग है, लेकिन बहू के लिए तो यह बड़ी लज्जा की बात होगी। नहीं वृन्दावन, ऐसा कभी नहीं हो सकता।"

वृन्दावन ने सिर नीचा करके कहा, "वह अपने भाई के पास रहेगी।'

दुर्गादास बाबू वृन्दावन को अपने लड़के की तरह स्नेह करते थे। उसकी विपत्ति और उससे भी अधिक गृहत्याग के संकल्प से वे बहुत ही ज्यादा क्षुब्ध हो उठे थे। इसलिए उसे रोकने का अन्तिम प्रयत्न करते हुए उन्होंने कहा, "वृन्दावन, ज़न्मभूमि को छोड़ने की आवश्यकता ही क्या है? यहां रहकर भी तो सब काम पहले की भांति किए जा सकते है।''

वृन्दावन की आंखें छलछला आईं। वह बोला, "भिक्षा को छोड़ अब मेरे लिए कोई चारा नहीं है, किन्तु वह मुझसे यहां होगा नहीं इस गांव में भीख मांग न सकूंगा। इस घर में भी अब मुझसे रहा नहीं जाएगा। यहां तो जिधर भी देखूंगा, चरण के दोनों छोटे-छोटे हाथों के चिह्न मुझे सर्वत्र दिखाई देते रहेंगे। मुझे क्षमा कीजिए मास्टर साहब, मैं मनुष्य हूं और मनुष्य का सिर इतने भारी बोझ से कुचल जाएगा।"

दुर्गादास बाबू चुप हो रहे।

जो डॉक्टर चरण का इलाज करने के लिए कलकत्ता से आए थे;

उस दिन की वह मर्मान्तक घटना उनके मन पर पूरी तरह छा गई थी। उसका अन्त देखने का कुतूहल और वृन्दावन के प्रति उनका आकर्षण उस दिन सवेरे बिना बुलाए ही उन्हें कलकत्ता से यहां खींच लाया था। इतनी देर तक वे चुपचाप सुनते रहे थे। वृन्दावन के वैराग्य और गृहत्याग की बात तो किसी तरह उनकी समझ में आती थी, परन्तु यह उनके बिलकुल ही समझ में नहीं आया कि केशव किसलिए अपनी समस्त उन्नति और प्रगति को तिलांजलि देकर इस छोटी-सी पाठशाला का भार स्वेच्छा से ग्रहण कर रहा है। उन्होंने अत्यधिक विस्मित होकर केशव से कहा, "क्यों केशव, क्या तुम सच ही अपने उज्ज्वल भविष्य को बता-बताकर इस पाठशाला में अपना सारा जीवन बिता दोगे?"

केशव ने केवल इतना ही कहा, "शिक्षा देना ही तो मेरा पेशा है।"

डॉक्टर ने कुछ उत्तेजित होकर कहा, "सो जानता हूं, लेकिन कॉलेज की प्रोफेसरी और इस पाठशाला की पंडिताई क्या दोनों एक ही बात हैं? और जरा मैं भी तो सुनूं कि यहां तुम अपनी उन्नति की कौन-सी आशा करते हो?"

केशव ने सहज भाव से कहा, "सब कुछ, लेकिन तुम भी इतना समझ लो कि धन कमाना और उन्नति दोनों एक नहीं हैं।"

"यह तो मैं भी मानता हूं कि एक नहीं हैं, लेकिन इस गांव में तो रहना भी महापाप है। ओफ, याद आते ही रोंगटे खड़े हो जाते हैं।"

वृन्दावन ने हंसकर, केशव के उत्तर देने से पहले ही कहा, "वह क्या केवल गांव का ही अपराध है डॉक्टर साहब, आपका नहीं? आज मेरी दुर्दशा देखकर आप सिहर उठे हैं, लेकिन इस प्रकार की दुर्दशा का भोग बनकर प्रतिवर्ष कितने नर-नारी मर रहे हैं, इस ओर भी क्या किसी की दृष्टि जा पाई है? यदि आप सब लोग इस प्रकार निर्ममतापूर्वक हमें छोड़कर चले न जाते, तो हम लोग यूं निरुपाय होकर कभी न मरते। नाराज होने की बात नहीं है डॉक्टर साहब, लेकिन जो आपके लिए भोजन और पहनने के लिए वस्त्र जुटाते हैं, वे सब बेचारे गरीब इन्हीं

गांवों में रहते हैं। उन्हीं लोगों को पांवों तले कुचलकर आपकी उन्नति की सीढ़ी तैयार होती है। उसी उन्नति के पथ से एम॰ ए॰ पास करके भी केशव स्वेच्छा से मुंह मोड़कर खड़े हो गए हैं।"

यह सुनकर केशव इतना अधिक प्रसन्न और उमंग से भर उठा कि उसने वृन्दावन को गले लगा लिया और तब बोला, "वृन्दावन, मनुष्य बनने का कितना बढ़िया अवसर तुमने मुझे दिया है! दस बरस बाद एक बार दया करके तुम फिर यहां आना और तब देखोगे कि तुम्हारी जन्म-भूमि में लक्ष्मी और सरस्वती दोनों की ही पूर्ण प्रतिष्ठा हुई है।"

दुर्गादास और अविनाश डॉक्टर दोनों ही इन मित्रों को और श्रद्धा एवं विस्मय से भरकर देखते रह गए।

कल वृन्दावन भिक्षा की झोली कंधे पर टांगकर बाड़ल गांव का परित्याग कर देगा और घूमता-घामता जाने किस स्थान को अपना कार्य-क्षेत्र बनाएगा! केशव ने कुछ दिनों अपने गांव में रहने के लिए बार-बार उससे अनुरोध किया, किन्तु वृन्दावन राजी न हुआ, क्योंकि सुख-दुःख और सुविधा-असुविधा की वह पूरी तरह उपेक्षा करना चाहता था।

अपनी यात्रा का सारा प्रबन्ध करने के बाद उसने देवता की सेवा का भार पुरोहितजी और केशव को सौंप दिया। दास-दासी सभी की समुचित व्यवस्था कर दी। मां के संदूक में जितनी नकद जमा-पूंजी थी, वह सब उन्हीं को देकर एक-एक को विदा कर दिया।

केवल कुसुम की ही उसने चिंता नहीं की। न तो उसके लिए कुछ करने की इच्छा हुई और न इस सम्बन्ध में कुछ सोचने-विचारने की आवश्यकता ही समझी। जिस दिन उसने चरण को आश्रय देना अस्वीकार किया था, उसी दिन से उसके प्रति वृन्दावन के मन में वितृष्णा का भाव घर कर गया था। चरण की मृत्यु के बाद वह वितृष्णा न चाहते हुए भी विदेष में परिवर्तित हो गई थी। इसीलिए उसने अब तक यह जानने का कोई प्रयत्न नहीं किया कि कुसुम क्यों आई, कैसे आई और क्यों अब तक यहीं है? बिना छान-बीन क़िए ही उसने यह सोच लिया था कि स्वयं

आई है और श्राद्ध हो जाने पर आप ही चली जाएगी। कुसुम के आने के बाद, काम-काज के सिलसिले में विवश होकर वृन्दावन को उससे बातें करनी पड़ी हैं, लेकिन उसके मुंह की ओर उसने उस दिन के बाद फिर आंख उठाकर देखा तक नहीं है। उधर कुसुम ने भी अपनी ओर से वृन्दावन के साथ बात करने या उससे मिलने का कोई प्रयत्न नहीं किया है।

इस तरह ये थोड़े से दिन बीत गए हैं, लेकिन अब और तो समय है नहीं, इसलिए वृन्दावन ने एक दासी को बुलाकर यह पता लगाने के लिए कुसुम के पास भेजा कि वह कब जाएगी, और आप बाहर कुसुम के उत्तर की प्रतीक्षा करने लगा।

दासी ने उसी समय लौट कर बतलाया कि इस समय तो वे जाएंगी नहीं।

वृन्दावन ने विस्मित होकर कहा, "तुमने यह क्यों नहीं कहा कि अब यहां रहना हो नहीं सकता।"

दासी ने जवाब दिया, "इस बात को तो बहूजी स्वयं भी जानती है।"

वृन्दावन कुछ झुंझलाकर बोला, "तो जाकर यह पूछ आओ कि क्या वे यहां अकेली रहेंगी?"

दासी एक मिनट में यह बात भी पूछ आई और लौटकर बोली, "उन्होंने कहा है, हां।"

तब वृन्दावन आप ही भीतर गया। कुसुम के कमरे के द्वार बंद थे। सहसा अंदर प्रवेश करने का उसका साहस नहीं हुआ। किवाड़ों को थोड़ा-सा ठेलकर अंदर की ओर देखा, तो उसके सारे शरीर में रोमांच हो आया। जले हुए घर की झुलसी हुई दीवार की भांति कुसुम उसी ओर मुंह किए खड़ी थी और पागलों की भांति टकटकी लगाए देख रही थी। आत्मग्लानि और पुत्र-शोक बात की बात में मनुष्य की क्या दशा कर देता है, यह देखकर वृन्दावन सहसा दो कदम पीछे हट गया।

असावधानी के कारण हठात् किवाड़ का कुंडा खड़क गया। कुसुम ने

ने देखा और आगे बढ़कर किवाड़ खोलते हुए कहा, "अंदर आ जाओ।"

वृन्दावन के भीतर आ जाने पर उसने अंदर की कुंडी चढ़ा ली और तब उसके सामने आ खड़ी हुई। इस आशंका से कि यह अपने होश में नहीं है, शायद पागल हो गई है, वृन्दावन की छाती भय से कांप उठी।

किन्तु कुसुम ने पागलों जैसा कांड कुछ भी नहीं किया, गले में आंचल डाल पति के दोनों पांवों में सिर रख कर चुपचाप पड़ गई।

वृन्दावन को फिर भी भय के मारे हिलने-डुलने का साहस न हुआ, वह वैसे ही चुपचाप खड़ा रहा।

कुसुम बहुत देर तक उन पांवों में पड़ी मानो उन्हीं से शक्ति संग्रह करती रही। बहुत देर बाद वह उठकर बैठ गई और पति के मुंह की ओर देखती हुई करुण स्वर में बोली, "सब कहते हैं कि तुम सह सके हो, लेकिन मेरी छाती में तो रात-दिन हू-हू कर आग जल रही है। बताओ, मैं बचूँगी किस तरह? और तुम्हें छोड़कर मैं मरूंगी भी किस तरह?"

दोनों के दिल में एक ही आग थी। वृन्दावन की विद्वेषाग्नि बुझ गई। उसने कुसुम का हाथ पकड़कर कहा, "कुसुम, जिस तरह मुझे शांति मिली है, तुम्हें भी उसी तरह मिलेगी, उसके सिवाय तो और कोई मार्ग है नहीं।"

कुसुम चुपचाप देखती रही। वृन्दावन कहता गया, "तुम चरण को कितना प्यार करती थीं, यह मैं जानता हूं, कुसुम! इसीलिए तुम्हें इस रास्ते पर चलने के लिए बुला रहा हूं। तुम्हारा चरण मरा नहीं है, खोया भी नहीं है, केवल छिप गया है। एक बार अच्छी तरह देखना सीख लेने पर देख सकोगी कि जहां जितने भी बच्चे हैं, हमारा चरण भी उन सभी के साथ अवश्य है।"

इतनी देर बाद अब कुसुम की आंखों से आंसू गिरने लगे। वह एक बार फिर पति के पांवों से लिपट गई। थोड़ी देर बाद मुंह उठाकर बोली, "मैं भी तुम्हारे साथ चलूंगी।"

वृन्दावन ने डरकर कहा, "मेरे साथ? नहीं, यह असम्भव है।"

"खूब सम्भव है। मैं अवश्य चलूँगी।"

वृन्दावन ने व्यग्र होकर कहा, "किस तरह चलोगी कुसुम; और मैं तुम्हारा पालन-पोषण किस प्रकार करूंगा? अपने लिए मैं भीख मांग सकता हूं, किन्तु तुम्हारे लिए तो मांग नहीं सकूँगा, फिर तुम पैदल चलोगी किस प्रकार?"

कुसुम ने दृढ़तापूर्वक कहा, "मैं खूब अच्छी तरह चल सकती हूं। यहां तक पैदल चलकर ही आई हूं। भीख तो मैं तुम्हें मांगने न दूंगी; न मेरे अपने लिए, न स्वयं तुम्हारे लिए। तुम केवल अपना काम करते रहना। मैं जीविकोपार्जन का उपाय करना भी जानती हूं और गृहस्थी चलाना भी। भैया की गृहस्थी इतने दिनों मैं ही चलाती रही हूं।"

वृन्दावन सोच-विचार में पड़ गया।

कुसुम बोली, "सोचने-विचारने की कोई आवश्यकता नहीं। मैं साथ चलूंगी। अवहेलना करके बेटे को खो चुकी हूं, अब पति को गंवाना नहीं चाहती।"

वृन्दावन फिर भी थोड़ी देर तक सोचता रहा और तब उसने पूछा, "चरण मुझे जिस मंत्र की दीक्षा दे गया है, क्या तुम उस मंत्र से स्वयं को दीक्षित कर सकोगी?"

कुसुम ने शांत दृढ़ता से कहा, "हां, कर सकूँगी।" .

"तो चलो।" कहकर वृन्दावन ने अनुमति दे दी और एक बार फिर सारा भार केशव को संभलाकर उसी रात पत्नी के साथ उसने बाड़ल गांव का परित्याग कर दिया।

०००